HISTOIRE
DE ROFO, CLOWN

Howard Buten est l'auteur de plusieurs romans parmi lesquels *Quand j'avais cinq ans, je m'ai tué*, *Mr Butterfly* ou plus récemment *Quand est-ce qu'on arrive ?*. Psychologue clinicien, il est spécialiste des enfants autistes. Clown, il est le créateur de Buffo.

Scénariste et traducteur, Jean-Pierre Carasso a notamment traduit Norman Mailer, Philip Roth, Ernest Hemingway, Stanley Elkin, Anthony Burgess, Cynthia Ozick, et tous les livres de Howard Buten.

DU MÊME AUTEUR

Quand j'avais cinq ans, je m'ai tué
Seuil, « Point-Virgule », 1981
« Points », n°P1265
et « Seuil Jeunesse », 2005

Le cœur sous un rouleau compresseur
Seuil, « Point-Virgule », 1984
et « Points », n°P1362

Monsieur Butterfly
Seuil, 1987
et « Points Virgule », n°70

Il faudra bien te couvrir
Seuil, 1989
et « Point-Virgule », n° V118

C'était mieux avant
Éditions de l'Olivier, 1994
et « Points », n°1468

**Ces enfants qui ne viennent pas d'une autre planète :
les autistes**
Illustré par Wozniak
Gallimard Jeunesse, 1995 et 2001

Quand est-ce qu'on arrive ?
Éditions de l'Olivier, 2000
et Seuil, « Points Virgule », n°44

Il y a quelqu'un là-dedans : des autismes
Odile Jacob, 2003
et « Odile Jacob poches » n°150

Buffo
Actes Sud, 2005

Howard Buten
Jean-Pierre Carasso

HISTOIRE
DE ROFO, CLOWN

ROMAN

Éditions de l'Olivier

TEXTE INTÉGRAL

ISBN 2-02-089229-4
(ISBN 2-02-054744-9, 1re publication poche
ISBN 2-87929-014-7, 1re publication)

© Éditions de l'Olivier, juin 1991

Le Code de la propriété intellectuelle interdit les copies ou reproductions destinées à une utilisation collective. Toute représentation ou reproduction intégrale ou partielle faite par quelque procédé que ce soit, sans le consentement de l'auteur ou de ses ayants cause, est illicite et constitue une contrefaçon sanctionnée par les articles L.335-2 et suivants du Code de la propriété intellectuelle.

Pour Joel Miskin

1

Rofo se glissa silencieusement par la porte d'entrée qui freina d'elle-même, un coup de veine, au lieu de claquer; et parcourut en trois enjambées le carrelage du vestibule. Il finit par atterrir sur le tapis du salon où ses godasses gigantesques ne faisaient pas tant de bruit. Va dans le petit bureau te planter comme un con au beau milieu pour attendre la voix de ta mère à l'étage. Et puis non, rien. Pour une fois, elle ne t'a pas entendu entrer. Quand elle t'entend, il faut toujours qu'elle gueule d'en haut ou d'en bas, selon qu'elle ait de la besogne à l'étage ou dans la cave. Rofo, c'est toi? Oublieuse encore, au bout de quatorze ans, du fait que tu ne parles pas. Et, au bout de quatorze ans, peut-être après tout devrais-tu être capable de gueuler à ton tour, oui maman, avec l'ennui blasé qui caractérise tous les autres fils.

D'ordinaire, quand elle gueule, tu fais couiner ton nez mais des fois, aussi, tu laisses tomber. C'est justement une fois où tu aurais laissé tomber si elle avait appelé, seulement elle s'est tue.

Rofo fit couiner son nez.

— C'est toi, Rofo ?

Elle était à la cave cette fois, selon sa besogne.

Il ne répondit rien.

Si quelque chose est loin de ta matière grise, à supposer que tu en possèdes, c'est bien l'agacement. Après tout, c'est pas facile ce qu'elle a entrepris de faire pendant quatorze ans. C'est dur d'élever l'enfant d'une autre. Même si c'était une amie. Neuf mois, tu avais passé là-dedans... fameux parcours ! Tes mains minuscules nouées sous ta bar-bi-chet-te. Pries-tu... genoux relevés, orteils flottants ? Pourquoi t'as la tête si grosse ? Tu te crois malin ? T'es une grosse tête ? Tu caresses de vilaines pensées ? Tu retiens ta respiration en attendant que ces parois s'effondrent, en attendant de t'embarquer à bord du train fantôme pour aboutir sous les loupiotes ? C'est toi, le petit dieu qui décides... qui te gonfles pour faire bien mal à maman. Et le planteur, l'autre mec, le géniteur, le coup de semence. Ou ces millions qui ne te connaissent pas encore. Ni cet as de la lancette qui lui griffe maintenant le ventre pour l'épisiotomie qui livrera aux yeux du monde ce qui est à César. Pour tous les yeux aveugles, toutes les oreilles sourdes, pour tous ces doigts noués sous toutes ces barbes afin d'implorer l'Autre : veille sur lui. Tu tombes d'elle. Te voilà brandi pour la première fois. Et baffé pour vivre. Première gifle pour ta peine. Quelle ne fut pas sa surprise quand sa meilleure amie mit au monde un clown de huit livres. Puis mourut.

Sans être parvenu à ton plein développement, tu étais déjà, et manifestement, le clown incarné. Sous le scialytique ton corps luisait tout blanc comme une voiture neuve. Mais tu n'es pas une voiture neuve. Tu n'es pas une voiture blanche. Ton nez comme une prune n'était que la promesse de ce qu'il deviendrait quand tu grandirais — cette boule rouge. Mais tes paupières étaient du même orange, écarquillées en arceau jusqu'à la racine noire des cheveux et ton sourire de la même forme et du même rouge qu'aujourd'hui, encore qu'un peu réservé, conformément surtout à la brièveté de ton âge et de ton expérience passée.

Pas du gâteau ces neuf mois. Mais les gâteaux tu ne t'en préoccupais pas encore, petit comique, quand tu allais au marché avec — non — dans maman. Là, ça grouillait, ça fourmillait de gens poussant des cages basses sur des roulettes — qui se coincent parfois et versent alors sur d'affreuses aïeules. Hou, la vilaine ancêtre grommelant sous les boîtes de conserve parce que d'indiscrets pois cassés ont un peu envahi ses rides, non mais où qu'on va ? Et comme toujours, l'éclatement des asperges contre les vieux nichons grenus qu'on dirait des figues sèches. Appeler une ambulance. Faudrait vraiment. Son fémur se pousse du col. Alors — agrafer, une broche, peut-être ? Et maman qui s'escuse sous un tas d'artichauts. Attendez, je vais vous aider, ces fichues roulettes. Encore qu'*in petto*, j'espère bien crever avant d'être aussi vieille que toi et moche et sèche. Tout ça perçu, répercuté, réverbéré dans ton quartier général, par le truchement du câble aboutissant à ton nombril — et, dès alors dans ta tente en peau de maman, toi, tu souriais...

Tout le monde fut étonné tellement par ta grande entrée, qu'on en oublia que ta mère était morte... Mais elle l'est, aussi morte qu'on peut l'être, qu'on dirait. Déjà, ce clown qui pointe le nez à la lumière du tunnel qu'elle a entre les jambes... Et après — bing ! Le rêve, pour un conteur... Le temps viendra sûrement où un obstétricien aux yeux allumés racontera toute la scène à un conglomérat.

Corne d'abondance, estomac d'autruche et sac à

malice, le vagin de cette femme... Vomissant d'abord les pieds puis les genoux. Le tout de si étranges proportions, parfaitement dépareillés, ceux-ci à ceux-là et l'ensemble au torse. Et le tout à la drôle de frimousse fendue en tirelire qui sortit comme un pandore de sa boîte, du tube sous anesthésie — une farce, pour un peu, j'aurais applaudi. J'ai applaudi. Pour ainsi dire... sur le popotin du paillasse. Une claque n'a pas suffi. Pas le moindre hoquet. Alors, derechef, un ban : ra-ta-ta-ta-tat sur les fesses blanches. Vous croyez qu'il aurait roté, le jeune auguste ? Mais il a fini par tourner vers moi son visage éperdu de sourire et c'est quand il m'a balancé son poing sur le nez que j'ai su qu'il était vivant.

Comme je suis content que vous ayez pu venir à l'hôpital. Un si vaste établissement, pour un si petit corps. Et tout — si propre... clean, la clinique. Tout le monde si vache. Le ménage est bien fait, mais on fait bien mauvais ménage. Les infirmières impatientes et les patients infirmes... Guettant les malades traîne-savates au bout des corridors interminables flop flop flop... Aréopages à la volée, grands oiseaux blancs descendant sur les salles. Et les échanges de vacheries :

des malades aux infirmières, des infirmières aux malades, des infirmières entre elles, des malades entre eux. Ping-pong mesquin — tennis de table d'opération... foutu racket. Les emprunts de bassin font des vagues tandis que les morts dérivent. Et d'abord, pourquoi ces uniformes de marchand de glaces, de colporteur de friandises ? Gaufres, crêpes et barbapapa ? Qu'ils se drapent de noir, se vêtent de sombre, comme il sied à la souffrance environnante. Laissez le blanc aux amuseurs, aux forains euphoriques ; car le cadavre est rare dans le moule à gaufre... la voiturette du glacier tintinnabule, elle ne sonne pas le glas du corbillard. Certes, les voies du Seigneur sont impénétrables et, au père de Rofo, que son épouse fût morte ne sembla pas raisonnable. Grosse porteuse pour la durée légale dans une matrice qui elle-même ne sortait pas de l'ordinaire (mais ça, il ne le lui avait jamais dit !). Pour finir, on évita la césarienne. Mais il se demanda si l'avait déchirée la fleur en plastique de ton chapeau... Griffant les parois quand le praticien t'avait extrait... entraînant une hémorragie, qu'on dirait. Auquel cas la faute incombait à l'accoucheur, ce qui tend à expliquer l'appel à Dieu, et au caractère de Ses voies.

La logique voudrait qu'on accuse l'enfançon lui-même. Si tu n'étais pas né, les risques qu'elle eût un chapeau dans l'utérus semblaient minces. Ainsi eût-elle évité la mort. Le fait demeure toutefois que l'accusation de coups et blessures l'ayant entraînée sans intention de la donner ne tient pas contre toi, petit clown, car on ne saurait te juger coupable d'être né. Quant à la culpabilité de maman... Coupable d'être morte ? Et celle de Dieu lui-même qui est, au mieux, un inconnu ?

Le jour où ils se sont rencontrés, il faisait grand soleil sur la jetée. Il était allongé le nez au ciel, les mains sous la nuque, les yeux plissés. Tout enduit frictionné dégoulinant d'une sauce, luisant à vous aveugler... Tout pour bronzer à l'époque. Renversement complet de la tendance... à bas les chairs laiteuses, vivent les basanées ! Non loin, un gamin pétait dans l'eau et jouait à repousser les bulles du bout du nez. L'aurait volontiers noyé le petit salopard pour lui apprendre à respecter l'environnement.

En se retournant pour exposer son cul au soleil, il l'aperçut par hasard sur la plage en contrebas, étendue sur le sable, assez près de la mer pour se faire lécher les jambes. Assez près de moi pour une petite opération commando. Tu n'aurais qu'à écarter un soupçon les jambes, chérie, pour que je me parachute sur l'objectif. Le temps d'éjecter le maillot en chemin, histoire de laisser le vent siffler autour de ma flamberge jusqu'à ce qu'elle se dresse triomphale, Banzaï! Et puis tête chercheuse, précision chirurgicale, la bombe propre. Encore que pour faire des cochonneries.

Ce qui fut fait pour ainsi dire. Elle n'aurait demandé que ça, et le précisa par la suite, ayant toujours apprécié l'innovation, même expéditive. Car elle n'avait aucune imagination, conséquence d'une enfance heureuse et d'une éducation sans histoire au sein d'une famille platement conservatrice. Ensemble, ils concoctaient des projets pour chaque nuit, traçaient des crobars, ruminaient des plans d'attaque. Cours de physique amusante. Jusqu'au jour où, fatigué de l'invention, il se carra confortablement dans une position éprouvée et inexpugnable : celle du missionnaire. Je me mets dessus, d'accord. Du moment qu'on s'aime... tant qu'y a du sentiment — et massif — ce ne serait pas mieux si tu faisais le poirier. Tiens, dit-elle, c'est une idée. Mais il était convaincu et parlait sérieusement. Aussi, après un mariage qui passa inaperçu, une cérémonie très intime, toi, moi et le capitaine, il entreprit vite de s'attacher à d'autres poursuites. Il découvrit la guerre des classes et le tort fait aux riches. Tous les vrais génies qui mâchonnent les plus bas morceaux de la vache enragée jusqu'au jour où ils découvrent qu'il suffit de traverser l'écran du téléviseur et de prendre une carte de crédit. Ces chaînes qu'on débat. Fronton délicieusement néoclassique et allégorique de nos sociétés démocratiques avancées : L'Hébétude poursuivant la Consommation et Adam gardant tout pour sa pomme tandis qu'Eve se morfond dans un coin.

De son côté, elle devenait bizarre. Lisait, pendant, des BD — c'est débandant. Voulut le faire déguisée en gorille. Voulut le faire entre la poire et le fromage. Dans une cabine de douche, de téléphone, aux cabinets — et puis un beau jour, comme ça, pour rire, ne voulut plus le faire du tout. De toutes façons elle était sanglante. Un truc que je m'explique pas, ça dure depuis des jours et des jours. Ça fait pas mal mais putain tout ce sang. C'est dégueulasse et puis ça me gêne que Margaret retrouve ça dans les draps. Ça remonte peut-être à mon éducation religieuse mais le drap dans ma conception se doit d'être immaculé. Bref, je supporte pas, tu comprends, non ? Je sais que tu comprends puisqu'entre nous ça fait quelques semaines que t'en as plus envie, hein, franchement. Nous deux c'est plus l'amour qu'on fait, c'est la guerre du jésuite contre le kamasoutra. Dans les débuts t'explorais assez pour que je te suive dans la jungle mais maintenant que tu m'as civilisée tu te conduis comme un enfant gâté. Va donc un peu voir ailleurs si j'y baise. C'est l'occasion où jamais, je te l'offre, de trouver d'autres sucettes pour coller ton bâtonnet. T'es libre. Tu verras bien si elles tiennent le choc. Je parie que non. Mais de toutes façons, cherche ailleurs avec ma bénédiction parce qu'ici pendant un bout de temps tu trouveras plus rien. Tchao et bon vent!

Elle savait bien que pour moi, il en était pas question. Je caressais, si plus elle au propre, des pensées plus élevées au figuré. Figurez-vous. Pas question pour mon petit canif de tirer des coups hors du contrat. Un attachement, que voulez-vous. Une fidélité, qu'on pourrait qualifier de monogamie sinon manie, qui ne m'empêchait pas de m'emplir jusqu'à la gueule de spermatozoïdes en folie, mais bien de les épancher à l'extérieur et au hasard, de les lâcher à la mer au petit bonheur comme fait l'huître et vogue la galère...

Privé de l'occasion de répandre le bon grain dans la bougresse et l'ivraie dans l'ivresse, il canalisa toute l'énergie produite par cette retenue de houille blanche vers son cabinet d'assureur-conseil qui prospéra. Elle se refusa ainsi pendant deux mois. Chaque nuit, il s'évaporait près d'elle, suant, soufflant et sifflant comme une bouilloire oubliée sur le feu. Puis un beau soir, comme inspirée par sa transformation en marmite à retournement, elle enfouit son nez dans l'oreiller et présentant son arrière-train dressé sur les genoux, dit : Il est temps de voir les choses sous un angle nouveau. Jouons. Je suis la fille du pasteur, je suis vierge et tu es puceau. Tu es bien content que j'aie eu des règles si longues, ça t'a permis de repasser tes leçons tous les soirs et de te renseigner un peu sur le modus operandi, les modalités de la chose. Aujourd'hui, je t'autorise et, connaissant le protocole, tu vas me prendre comme ça. N'ayant saisi que pouic de ces confidences étouffées par le duvet d'oie, il comprit pourtant la signification très générale de la posture adoptée et ne tarda pas à pénétrer au cœur du sujet. Je savais bien qu'elle peut plus me voir, mais j'ai la certitude qu'elle peut encore me sentir. Et d'ailleurs, à derrière donné on regarde le dedans. Or, tournant la tête vers lui elle lui demanda quelle date on était.

— Le 31 mars.

— Continue, continue ! Et quelle heure est-il ?

— Qu'est-ce que c'est que cet interrogatoire ? Tu me crois sénile ?

— Réponds.

— Minuit moins cinq.

Satisfaite, elle se tut. Pendant quelque temps, la bête à deux dos n'émit plus que les divers grognements, soupirs et glapissements qui caractérisent son activité. Mais la femme dut sentir l'imminence de l'entrée en gare du TGV Sodome et Gomorrhe car elle demanda entre deux hoquets :

— Hon hon quelle heure est-il ?
— Tu devrais hon hon baiser avec l'horloge parlante !
— Hon hon sérieusement.
— Minuit deueueueux !

Attachez la ceinture et redressez le dossier de votre siège, la température au sol n'arrête pas de monter. Ils explosèrent ensemble et elle conclut :

— Poisson d'avril !

Neuf mois jour pour jour plus tard, Rofo naquit et elle mourut. Elle laissait une meilleure amie. Le temps de publier les bans, ton père l'épousa.

Ton père décida sur-le-champ de te cacher la vérité. Il n'est point de justice en cette vallée de larmes. Pas la peine d'en rajouter. C'était couru d'avance l'instant où tu parus. Sitôt le panpan cucul des gants de caoutchouc sanguinolents, la première des raclées innombrables qui t'attendaient, bébé bouffon. Quand je t'aurai ramené à la maison, nous oublierons à tout jamais qu'il y eut une maman. Et je lutterai seul contre tous les dangers qui te menacent. Et tu ne sauras jamais.

Ni aucun des autres problèmes qu'a causés ta naissance. Ni les ragots qui se déchaînèrent quand trois semaines plus tard ton père épousa la meilleure amie de ta défunte mère. Quitte à lutter contre tous les dangers je pense en définitive que je ne puis le faire seul. Il me faut la tiédeur d'une caresse après chaque combat. Je veux quelqu'un dans mon lit.

Assureur-conseil, un mètre soixante-dix, cheveux châtains, yeux noisette... Femme en rapport. Châtains les cheveux de l'amie. Noisette ses yeux. Un mètre soixante-cinq. Un couple. Ils ne s'étaient jamais vus mais avaient tellement entendu parler l'un de l'autre par feue. Dans les catacombes ripolin du sous-sol aseptisé de l'hosto, l'un derrière l'autre dans la file d'attente des internes, infirmières et aides-soignantes en vol de nuit et en mal de casse-graine sur le pouce entre deux interventions, leurs mains se sont frôlées au moment de prendre le plateau d'inox destiné à recevoir dans ses creux la manne de la cantine hospitalière. Pratiques en face de l'adversité, ils ont fait connaissance autour d'un gratin de macaronis.

— J'ai tellement entendu parler de vous, qu'elle avait dit.
— Et mou de veau, qu'il avait répondu.
— Pardon ?
— Rien, rien.
— Un tas de mensonges, probablement.

— Probablement.

Ton père avait longuement regardé les yeux si profonds qu'en s'y penchant... pardon! Décès d'épouse est désarroi d'époux, oubli de la décence. C'est drôle qu'on connaisse si mal les amies de sa femme avant qu'elle ne soit morte.

— Oserai-je dire que je crois lire en votre for intérieur dans le dernier repli de votre pensée la plus intime?

— Osez, mais encore? C'est bien réconfortant. Dans cette salle lugubre où l'on entend seulement tinter parfois une assiette ou éclater de rire un interne. Ces médecins que l'inanité de leurs efforts plie en deux probable.

— Nous voilà ici tous les deux. C'était une femme remarquable.

— Remarquable.

— C'est bien d'elle: faire un cadeau et disparaître.

— Ah ça, elle n'était pas égoïste.

— Cependant, cela va remarquablement avec vos yeux si je puis me permettre.

— Vous pouvez, mais quoi?

— Le gratin de macaronis. Il en souligne le mauve.

Honteuse et confuse la dame. En oubli de mastiquer. N'ose épanouir ses tentacules ni accueillir le compliment. Examine de préférence le creux plus petit du dessert. Souvenir des vieilles confitures enfantines, cette tarte aux pommes — compote nostalgique.

— Quel gentil compliment. J'y suis sensible, croyez bien. Mais moins sûre de son à-propos en l'occurrence. C'est-à-dire, ne conviendrait-il pas plutôt de nous en tenir à quelques considérations bien senties sur la perte que nous venons de faire l'un et l'autre ? Tout est changé sans elle. C'étaient des rencontres. Des thés. Et tant de courses, de lèche-vitrines. Les heures que nous avons passées elle et moi de boutique en boutique. Elle avait de l'ampleur dans l'emplette, la plupart du temps. Pas moi — avec ce que je gagne...

— Et que faites-vous ?

— Des pantalons, surtout. Je couds en atelier.

— Elle aurait ruiné la banque centrale.

— Mais elle s'habillait si bien. Vous ne trouvez pas qu'elle s'habillait bien ?

— Elle aurait ruiné la banque centrale.

— Alors que moi je suis mal faite. Ce sont bien les meilleures qui s'en vont. En tout cas les plus sveltes.

— Je vous trouve délicieusement proportionnée et fournie.

C'est qu'on devine la meringue dodue sous le glaçage. Une envie d'effeuiller le millefeuille, d'explorer le baba saisit notre gourmand. Et parée comme une châsse. Elle porte trop de bijoux pour avoir dormi avec. Ce qui veut dire qu'elle s'est ornée pour l'occasion. Tout à fait mon type, je crois, celle qui se cloute et sertit pour la mort.

— Et puis les mots sont bien dérisoires dans le chagrin, ne trouvez-vous pas, qu'elle dit. L'homme n'a point de port, le temps n'a point de rives, il roule, et nous passons. C'est bien vrai.

— Il coule.

— Qu'est-ce qui coule ?

— Non, je dis coule, pas roule.

— ... ?

— Il coule et nous passons. Pas roule.

— Ah bon ? J'ai appris roule, pas coule. Ça doit être une coquille. C'est fréquent.

— Peut-être que la mémoire vous joue un tour.

— Peut-être. J'adore votre cravate.

— Aimons donc, aimons donc ! De l'heure fugitive, hâtons-nous, jouissons ! Ce n'est qu'une babiole.

— Ah non, c'est un poème magnifique.

— Mais non, la cravate.

— Elle est assortie à la couleur de vos yeux, elle les fait ressortir.

— Non, ça, c'est vous.

— Coquin ! Non, vraiment, n'insistez pas. C'est très déplacé.

— Hâtons-nous, jouissons, ça n'est pas moi qui le dis, c'est le poète.

— Mais c'est vous qui le faites. Non, non, c'était une femme remarquable. Voilà la vérité. Elle va nous manquer à tous. C'est plus dur pour ceux qui restent.

— Justement, consolons-nous! Consolez-moi. Offrez-moi la caresse de vos yeux dont le mauve s'harmonise au gratin de macaronis.

Et il lui saisit la main et il se penche vers elle et il tente de l'embrasser et, tandis qu'elle proteste encore faiblement, il lui passe au doigt l'anneau qu'il vient de retirer à la défunte...

— Oh! franchement.

— Oui, franchement! Vous êtes ravissante. Je veux que vous cousiez pour moi seul vos pantalons.

— Franchement!

— Si, viens, viens!

— Mais enfin, pas ici, avec tous ces médecins, ces infirmières qui nous regardent, qui voient sans arrêt mourir des gens!

— Viens, ma biche mauve au gratin de macaronis.

Il l'a entraînée dans la lumière d'aquarium des corridors hygiéniques jusqu'au bureau des admissions, jusqu'à l'entrée devenue pour eux la sortie; il l'a arrachée à cet univers prophylactique et puis d'autres couloirs, d'autres bureaux. Les bans, le maire, un autre service — religieux cette fois. Pour époux oui. Pour épouse oui. Mais il ne t'a pas invité. On nous a pas fait entrer, nous autres, les enfants de chœur, à l'église pour la tétée. Mais tous on a braillé pour saluer l'événement. Tous sauf un, qui n'émet pas un son mais sourit, sourit sous la fleur de son galurin parmi les carillons. Rofo.

2

Rofo qu'il convenait d'examiner en profondeur. Le professeur Guiliguili, chef du service de pédiatrie, et son équipage, demandent l'autorisation de déconner. Embarquement immédiat de la petite chose blanche et potelée en zone Obstétrique porte numéro dix-sept. Les patients en transit sont instamment priés de se présenter au gastro-entérologue. Du bout des lèvres, ton père donna l'autorisation. Inutile d'insister : à quoi bon remuer le laisser-faire dans la plaie ? Ils t'ont entrepris avec l'avidité d'une ménagère examinant une laitue — feuille à feuille jusqu'au cœur avec élimination de la terre et des hôtes indésirables. Tous penchés sur le feutre de ton chapeau qui faisait pas un pli et dont la rose de plastique se dressait comme les mains jointes d'une tulipe implorant le soleil. Mais recevant en fait la lumière impitoyable du scialytique, tandis qu'en queue de comète, se précipitait vers ta bouche de grenouille l'abaisse-langue fatidique dites aah. Cinq médicastres, la bande est au complet. Cinq pas moins, pour s'émerveiller de découvrir que le palpitant palpite, que les yeux zieutent, que la glotte déglutit, que la crevette de l'orteil sous le doigt chatouilleux gigote et se recroqueville, bref, que la vie vit — vivivi — même en ton corps d'albâtre. T'as des toubibs humains qui s'apitoient, voire gerbent, en découvrant les monstres. Mais pas toi. Tu es Rofo le clown. Ainsi nommé de toute éternité par l'aide-soignant antillais qui passe les bassins et vide les pistolets. Tu es glorieusement sain de corps — et d'esprit, si tant est que tu en possèdes un.

Sous tous les angles, ils t'ont bombardé de rayons X. Et la gorge, et la gorge. Et le nez, et le nez. Et la luette, et la luette. Ah, la luette ! Ah là là. Je te plumerai. Nous te plumerons. Docteur, quand je fais ça ça fait mal. Faites autre chose. On découvrit que tes cordes vocales manquaient. Un interne plus culotté que le reste du personnel de cabine fit remarquer qu'en vérité elles ne manquaient pas, puisque tu en étais dépourvu, et qu'on pouvait donc en conclure que les clowns n'en ont pas. On ne saurait manquer de ce qu'on n'a jamais possédé — la girafe manque-t-elle de trompe ? Vous, vous ne manquez pas de culot, mon jeune ami. L'individu fut renvoyé sur-le-champ et tu regagnas peu après la nurserie. Et de ton berceau présentoir derrière la vitre, silencieux parmi les braillards, tu te mis à adresser de petits signes de ta main blanche à tous ceux qui passaient dans le couloir. Tout nu à l'exception du chapeau, qu'on n'eût pu te retirer qu'au prix d'une intervention chirurgicale, mais les sommités s'étaient refusées à la couvre-chefectomie, tu étais déjà comme aujourd'hui, aussi pur et pâle de teint que les falaises de Douvres.

Et si célèbre, si populaire, qu'il fallut nommer au plus vite une Commission Extraordinaire Ultraspéciale... ajouter des lignes au standard... engager des attachées de presse ! Tu n'avais pas sitôt plongé dans l'existence que le téléphone se mit à sonner sans discontinuer dans le bureau de ton père.

— Allô allô allô. C'est l'heureux papa ?

— A qui ai-je l'honneur ?

Drelin drelin... journalistes... impresarii... simples curieux... mauvais plaisants drelin drelin drelin...

— Allô allô allô. C'est l'heureux papa ?

A chier pour Achille, à chialer sous sa tente Briséis aux belles miches... et à découvrir l'autre surtout ! Tout en se remettant du choc de ton entrée en piste fracassante. Sans compter qu'il était affamé le fameux Achéen : l'estomac dans les talons d'Achille... heureusement sans oreilles. Aussi tire-t-il d'un tiroir une police d'assurance sur la vie de la morte et joue de la gomme et du corrector pour t'en faire le bénéficiaire et l'antidater opportun. L'agent ne manque pas d'assurance en son plus secret conseil. Et plus jamais l'argent ne devrait manquer à l'assureur.

Cependant, à l'hosto, niché parmi les nourrissons innombrables, tu fais comme les autres le gâteau dans la vitrine et les papas s'alignent pour choisir. On en voit la queue-leu-leu, salivant, doigt tendu, pas celui-là, non, ni celui-ci, plus à gauche, là, voilà. Le dix-septième en partant de la droite. Mon fils. Ce machin rose en maillot blanc de sumo. Tout le portrait de ma femme qui l'a craché, c'est logique, et se repose maintenant du travail dans cette salle étrange cloisonnée de rideaux de plastique pastel, sous les plafonds d'isorel insonore d'où jaillit le pédoncule d'un téléviseur télescopique parmi les rutilants robinets, les potences à perf, les tuyaux d'oxygène et d'azote, de CO^{dieu} et 2 sait quoi, les lits articulables, les cruches de polyuréthane — quel monde ! Quel drôle de monde pour y venir... y faire venir des petits d'hommes comme on sort un lapin d'un chapeau... qui ouvrent les yeux sur cet inextricable boxon électronique au lieu d'un âtre flambant, du jardinet avec balançoire et jonquilles. Mais le creux du coude de maman pour y mettre ma tête. Au bout du corridor quelqu'un est mort. C'est la seule chose ici qui ne soit pas fraîche. Chacun si délicatement attentif à son devoir, changer les carafes et les draps, répandre des aérosols, assainir, purifier. Alors, au trou la morte! par un toboggan, on précipite à la basse-cour la vilaine charogne. Et c'en est fini de ta maman jamais connue qui s'anéantit parmi les ballots de linge sale, mitoyens des cuves à fioule et des caves à charbon...

Devant toi, le demi-cercle des chaises en plastique. Pour les longues attentes. S'y avachissent des culs naguère encore si actifs dans le va-et-vient procréateur. On a récemment supprimé les cendriers en pied qui s'ouvraient comme la gueule même de l'enfer, vomissant d'atroces fumerolles pour accueillir les milliers de mégots qu'on grillait dans l'attente de la bonne parole. Ah, revenir au jour où le fœtus en instance n'était encore qu'une agréable démangeaison dans mon mât. J'aurais mieux fait peut-être de le coiffer d'une baudruche. A tout le moins de le désengager moins une... d'arroser les draps! Quelques taches sur le matelas plutôt que la maternité. Mais paraît que ça fiche tout en l'air, pour la femme. De toute manière il est trop tard. Et si l'échographie ne t'a pas entièrement rassuré il ne te reste plus qu'à espérer que ça fonctionne et que ça te ressemble.

Et puis le chiard se décide à sortir. On manque d'air soudain dans la salle d'attente. Une nouvelle paire de poumons s'est mise à pomper. Vite à la vitre pour le moment suprême. Beuark! On dirait un petit singe tout gluant dans du papier journal. Mais il faut aller embrasser la flapie, les mains s'étreignent, les yeux s'allument, on baigne dans une complicité riche comme le colostrum en pensant au petit machin qui gargouille à sa place dans l'escadrille des autres nourrissons heureux. Unanimes dans l'anonymat du miracle de la vie, toujours le même, toujours recommencé, toujours miraculeux. Tous sauf un. Sauf Rofo le clown avec sa tronche fendue en tirelire. Drôle de petit bonhomme né trop tôt dans un monde trop vieux.

Tu avais quatre jours quand ton papa s'est dressé devant toi pour la première fois. Tellement heureux que tu aies pu venir à l'hôpital. Un dernier rendez-vous, dans ce bâtiment même, à l'étage en dessous, une formalité. La Commission Extraordinaire Ultra-spéciale. Le principal souci de ton père est d'ignorer pour ton bien la mort de maman. Celui des membres de la Commission, c'est le tien. Dans la mesure où la plupart des médecins tendaient à s'imaginer les clowns comme asexués. De ton engin parfaitement formé, encore que parfaitement blanc, ils restaient baba. Bougie immaculée. Stéarine bien adaptée à son usage, moins brillante, peut-être, peu faite pour vaciller sur un repas fin. Mais éminemment inflammable. En son intérieur, la mèche conductrice de tel ou tel jus. Et la puissante artère qui l'irrigue pour lui permettre de s'ériger, et de s'illuminer, phare dans la nuit qui guidera le matelot sur l'océan obscur pour l'amener à bon port. Puis au mouillage quand on affalera toute la toile... Mais pour l'instant, dans ton berceau, elle dort molle et paresseuse comme une cacahuète. Une broutille pour ton père qu'enrage encore le matricide. Les yeux au ciel il s'adresse à la Commission lâchant la main de sa récente épouse... qui regardait nulle part et sentait comme un petit creux. Occasion pour lui de manger le morceau en se martelant la poitrine. De qui c'est la faute, la très grande faute. Comme a dit le poète : elle pousse et nous râlons. Mais si elle passe plus ne l'aurons. Bref : morte — pourquoi ?

Le gynécologue se leva :

— Vous êtes mauvais coucheur.

— Et vous mauvais accoucheur.

— Messieurs, messieurs — cher confrère, dit le professeur agrégé Guiliguili.

— Déchirée par une rose ! En plastique lavable ! Qu'y puis-je ?

— Qui pige ? Pas moi ! L'héroïque parturiente m'a laissé il est vrai une primipare du gâteau. Je suis porté à l'indulgence.

— Les voies, dit l'accoucheur, du Soigneur sont impénétrables.

— Il en faut, répondit ton père, avec un humour digne après tout d'un agent d'assurance.

Mais le professeur estimait n'en avoir pas fini avec ton étonnante zigounette. Il fallait détourner son attention.

— Comment expliquez-vous le gros nez ? demanda papa à l'oto-rhino-rigologiste qui se bidonnait à tire-laryngo.

Pas de réponse... Il reprit :

— Docteurs, assez ri ! Mon épouse ici présente et moi-même allons maintenant nous retirer emmenant notre enfant j'imagine. Notre fils. Vous voudrez bien me pardonner. Comme je pardonne ma femme à ceux qui l'ont défoncée.

Ils ont pris l'ascenseur, sont passés devant les salles d'op... ont traversé le hall où semblent plantés non des plantes en pot mais des patients végétant dans l'attente. Des journées durant parfois. Jusqu'au rayon bébés. Pour chercher notre fils. Qui a disparu. Quand on est arrivé son berceau était vide.

— Quel dommage, a protesté ta mère qui ne t'avait

encore jamais vu. Faut-il prévenir Amnesty International ?

D'intenses recherches commencèrent par tout l'hôpital. En entendant les haut-parleurs annoncer qu'on avait égaré un petit clown, beaucoup ne purent s'empêcher de se tenir les côtes — les cancers du larynx riaient à gorge déployée, les péritonites à ventre déboutonné, les sciatiques se pliaient en deux, les transfusés se payaient une pinte de bon sang, les gangrenés se tapaient le cul de jatte par terre, les septicémies éclataient de rire comme des colis mal fermés, les agonisants se tordaient — c'était crevant ! Le père de Rofo allait de chambre en chambre examinant les lits tandis que l'épouse mettait sens dessus dessous le service des objets controuvés.

D'obstétrique en cardio, de rhumato en ophtalmo, de pneumo en dermato, on fouilla tout le logis... sacrée exploration fonctionnelle !

A quatre pattes sous les lits, sous les fibroses et les dermites, les dermatoses et les mélanomes, papa cherchait son fiston. Sous les lits, sous les lits, sous ce vieux qui s'épluche et qu'on évacuera quand son squelette sera tout nu, sous ce jeune homme pâle que ses propres globules blancs sont en train de phagocyter lentement, sous le petit garçon maigre aux grands yeux mornes, écarquillés, qu'on sait pas encore pourquoi il est là. Ou du moins, qu'on n'a pas encore acquis la certitude que pour lui il est trop tard... Que jamais il n'aura à vivre la terreur des anniversaires qu'on attend. Toutes ces petites filles inconnues dans leurs robes amidonnées et redoutables — si redoutables... le cadeau que maman a enveloppé dans le joli papier plein de petites tortues... et les marches à monter jusqu'à la sonnette qu'on peut malheureusement atteindre sur la pointe des pieds... et sonner les yeux fermés et tiens, voilà quelqu'un et c'est la mère, ah, mais c'est le petit monsieur Untel! Comme il est élégant! Suzon, Suzon, c'est le petit monsieur Untel... et Suzon aurait fait semblant d'être retenue par d'autres petits invités, rusée déjà la vache, sadique à couettes. Mais jolie. Jolie, jolie... cap de bonne espérance à franchir avant l'océan inconnu, la haute mer de la vie qui ne viendra pas, dans cette géographie fantasque des sentiments qu'aucun Atlas ne cartographie et pourtant si réelle... Tu ne navigueras pas à vue vers des amitiés à venir. Quand tous les examens seront terminés, quand on aura tous les résultats... certainement, il sera trop tard. Nous saurons — tu ne seras pas. Tu ne vivras pas en paix cette cinquième année. On t'enterrera avec ton nounours, vous vous tiendrez compagnie...

C'est là qu'on t'a retrouvé. Derrière la porte marquée Jardin d'enfants... y a une logique... un minuscule petit mec a agrippé ton papa par la jambe du pantalon et lui a montré du doigt un coin de la pièce semée de joujoux et de petits meubles laqués pastel : tu étais là, Rofo le clown, parmi les peluches, entouré d'un parterre de marmots baveurs et babillants. Tout blanc, tout nu, avec ton sourire d'une oreille à l'autre, si communicatif qu'ils en étaient bien rigolards malgré les sondes, les tubes, les trocarts, les yeux qui ne vont plus avec les mouvements, les genoux qu'on a sciés — c'est si mignon, les tout petits, même le cancer sourit. Il est jamais trop tôt pour apprendre qu'on n'est pas là pour rigoler. Prends-en de la graine, Rofo.

3

Rofo qu'on emmène à la maison, niché l'hilarant au creux du coude pseudo-maternel, flanqué du veuf et de l'âme (de la défunte) — foutue crèche... Retour du grillon dans ses foyers. Mais protégés de grilles justement... par le précautionneux papa qui a fait ceindre à la hâte le lot numéro 406-F d'un fort treillage galvanisé et électrifié afin de protéger coûte que coûte la vie privée de son surgeon phénoménal. Au grand dam des voisins ! Tout chiard intrus aventureux qui s'expose est réduit aussitôt en pomme de terre chips trop cuite... calcinée... immangeable. Ça, encore, admettons, n'ont qu'à pas toucher à tout — est-ce que j'entre, moi, par effraction chez les voisins ? Mais y a la télé, chaque électrocution crée d'insupportables parasites. Reportez-vous au règlement de copropriété du lotissement. Article 17, alinéa b quinquies. « Tout propriétaire d'appareils électriques et autres risquant d'être source de parasites est tenu de faire dûment antiparasiter par un dispositif breveté lesdits, etc. » Chaque fois qu'un chiard se mue en pomme chips d'effrayantes ondulations saccagent l'image.

Et trois mètres de haut, la clôture... sans autorisation préalable... atteinte au paysage... à l'harmonie pavillonnaire de l'ensemble... scandale, manque de style ! Ah, c'était une cacophonie le voisinage, un concert de protestations... Le syndic s'indigne et rage l'entourage, que ton père invite fermement à s'aller faire lanlaire. Avant de disparaître à son tour, de se fondre dans la nature. Malgré le téléphone sur liste rouge, les volets blindés, les vitres teintées, malgré la friteuse anti-Dallas, antipathique, il n'était pas rassuré et craignait le ridicule.

Si vous n'êtes pas contents, c'est le même prix. Sur ces fortes paroles, il avait endossé un des nombreux déguisements qu'il s'était payés pour pouvoir prendre le maquis en cas de besoin.

Or, s'il avait pris d'infinies précautions pour éluder l'humiliation publique... Je les entends d'ici, tiens, les voisins, faussement apitoyés, tout curieux, joices sous le masque condolent — Sait-on la cause ? pauvre cher ami, pauvre monsieur. Remarquez, c'est souvent les plus attachants. Un chromosome, peut-être... en trop, en moins ? Ah, avec les progrès de la génétique ! et peut-être aussi leurs expériences nucléaires, le trou d'ozone, la nappe phréatique — polluée, sulfatée à mort. Et les nitrates... pire en bouteille qu'au robinet, l'eau, paraît-il ! Il naît un monstre toutes les secondes, rien qu'en Occident. Je l'ai lu dans *Point de salut-Images immondes*. Une revue sérieuse — dans *Science et Vide*, je vous dis je l'ai vu... Il avait pas fini d'avaler des couleuvres. Même dorées, pas question.

Tellement plus simple de se transformer en arrêt d'autobus. Corps svelte... grosse tête. L'itinéraire de la ligne sur une plaque allongée en guise de cravate. C'était ça qui faisait bien son affaire. Mais bref, précautions ou pas, il avait négligé de confier les clés à ta nouvelle maman. Laquelle en mal d'épicerie dut bien se résoudre à sortir. Mais pour rentrer, macache. Ce fut son tour de se heurter à la grille, de tomber dans la friteuse, d'y rester collée, agitée de saccades, d'abord bleue, noircissant peu à peu — ça m'apprendra, quand je veux sortir de mon isolement, à me faire d'abord bien isoler. Une prise de terre, peut-être, même, mais tu parles, trop tard... Elle cramait bel et bien la belle-doche... quasi sous les yeux de l'arrêt facultatif. Et ça la faisait braire, bramer saumâtre. Il en était déchiré dans son cœur de jeune époux, mais c'était pas parce qu'elle brûlait qu'il allait vendre la mèche ! Et tout ça à l'heure du feuilleton. Alentour, c'était l'émeute... sauf chez les câblés bien sûr — toujours y en a qui se croient plus malins. Chez ceux-là, image parfaite, fixité horizontale et verticale, pour peu qu'ils eussent le quatre-vingt-onze centimètres coins carrés on s'y serait cru, à Dallas...

Mais l'autre tombe en tas sur le trottoir, rassemble ses cendres, et décide d'un nouvel assaut. Il faut absolument qu'elle rentre, la maman fricassée, qu'elle ait accès. Ce poupon bizarre, faut songer à le nourrir. A cet âge-là ça biberonne sec. C'est pas le tout d'adopter un clown, même enfançon, faut l'amener à maturité, suffit pas de substituer la mère, faut encore fournir le lolo. Et là, l'instinct est roi. C'était une saison un peu sirocco, la pelouse frontale naguère orgueil du maître de céans avait viré au jaune pâlot, pelée. Saisissant un vieux journal, elle l'enflamma et le balança par-dessus la grille. En moins de rien le gazon s'embrasa — ça gazait. Un coup de fil aux pompiers — cinq jours à peine qu'elle connaissait son futur époux, comment l'eût-elle deviné sous les traits d'une cabine téléphonique ?... épaules carrées, tronche itou, bouche fendue pour les pièces, l'œil rond qui s'allume quand la communication s'établit, et la voix de crécelle électronique... méconnaissable. Trente-sept secondes plus tard, les héroïques soldats du feu défoncent la grille à la hache, éteignent la pelouse, éventrent la porte et, dans l'âcre fumée qui envahissait déjà les lieux, découvrent un clown en caoutchouc hilare, pompier bénévole prêt à pisser sur les flammes...

Une fois dans la place, entre les biberons, les couches, les pesées et le tulle gras — ce fichu baume, c'est pas le Pérou — qu'elle s'appliquait sur les cloques, ta mère se postait guetteuse au coin d'une fenêtre, son ouvrage sur les genoux, Pénélope attendant Ulysse mais polope! Certes, le perroquet du vestibule, trois chapeaux sur sa ramure, un imperméable, un paletot et trois pardessus pendant à ses branches supérieures, une canne à pommeau d'ivoire et un parapluie de faux bambou dans l'entrejambe, lui faisait les yeux doux, mais décidément elle n'était pas physionomiste. Elle attendait donc ton papa absentéiste en lui cousant, hauts-de-chausses promis, chose due, des pantalons. Elle ne pouvait savoir, tu ne pouvais savoir, et sais-tu rien, toi, sous ta fleur? — qu'il en serait ainsi désormais... que ton père ne réapparaîtrait qu'une fois, une seule, et encore, déguisé en marié, queue-de-claque et chapeau-pie, pour la mener, idyllique, devant l'édile... profitant d'un nouveau séjour à l'hôpital du bébé béat convoqué dare-dare par Guiliguili et sa clique toujours aussi perplexes. Et nuit de noces il y eut, dûment ramonée la consorte avant de sombrer dans le pays des songes, où l'oiseau bleu croise haut dans le ciel et vous chie jamais sur la tête. Mais au matin, réveillée par un gadget nippon qui tire la langue et fait Ah!, livide, elle découvrit le pieu vacant (ou vice versa?). Encore que... la machine à laver ce jour-là avait une drôle de touche... mais le pli était pris, elle ne le reconnut pas.

Le temps n'a rien à foutre, il passe... comme dit l'autre : quoi qu'on fasse... et pendant ce temps-là, le temps passait donc. Au quatorzième jour de ce qu'il faut bien appeler ta vie — elle en vaut une autre — tu tenais déjà debout. Retardé, lui ? Il est en avance. Le peton de soixante centimètres, ça aide, mais tout de même... Ça compensait un peu tout ce tracas que tu causais à la pauvre femme. Avec cette manie surtout de balancer des coups de poing en pleine poire à tous ceux qui t'approchaient — elle plus que les autres — et sans jamais cesser de sourire. Puisque tu cesses jamais. Et les poignées de mains ! Toujours avide d'en donner, d'en recevoir, t'étais. Fanatique des relations publiques, on aurait dit, expert en incommunication... Imaginez un peu : un mouflet en caoutchouc blanc, un lardon au maillot, dressé sur ses pattes comme une planche à voile et qui vous tend la mimine, engageant, radieux. Bien sûr on tope, on serre (pas trop), on secoue. Au secours! l'autre mimine est une pogne qu'on s'avale en pleine face. Méchant marmouset, ouistiti féroce! Et c'est que ça fait mal ces petits poings, elle en avait des bleus sous les cloques, ça s'arrangeait pas. Le miroir sans cesse lui rappelait qu'elle était pas la plus belle, elle déjà complexée, on l'a vu, se jugeant trop mafflue. Heureusement que de coudre si longtemps des culottes en atelier, parmi les autres, ça lui avait bonifié le fond, elle débordait de bonne volonté. Elle s'était remise aux lectures. Le docteur Spouf, Florence Pébroque... des autres, par dizaines. *J'élève mon enfant*. C'est encore plus beau si c'est pas tout à fait le mien. La mère la vraie, c'est celle qui aime, on l'a dit, et souvent avec l'accent... du Midi... d'ailleurs encore... Mais J'élève mon pitre, Je nourris mon clown, La bouffe du bouffon, Le Paillasse de la naissance à cinq ans? Pouvez toujours chercher! Même dans les mémoires à Bouglione, Rigoletto, à la bibliothèque du muséum, vous trouverez rien. On les connaît qu'adultes, à la rigueur... on les dit tristes. Y en a dans des chansons qui vivent dans un tonneau, mais prenez pas ces vessies pour une lanterne, c'est pas Diogène, crâne de Piaf! Y sont, prétend-on, amoureux d'une étoile, avec leurs grands panards rêvent de petits chaussons... Du coup, elle fit une incursion dans la poésie dramatique, Paul Camembert, *Le Soulier de satan*. Mais là non plus, fallait pas chercher. Une seule solution, progresser par tâtonnements, l'essai et l'échec, méthode éminemment scientifique.

Et toi tu cherchais la lumière. C'était une insistance... un tropisme! Toujours, quand malgré le verre fumé le soleil bavait jaune sur la moquette ses traînées en biais, fallait que t'y ailles, c'était plus fort. Maintenant que les pompelards avaient effacé la ligne Morice, ta présence derrière le carreau attirait au jardin des foules badaudes. Heureusement que la pelouse avait brûlé, il en serait pas resté lourd, piétinée de l'aube au couchant par les hordes mateuses. Et pas seulement les gens du quartier. De partout, il en venait, alertés par les journaux... les médias! De haut en bas des vitres les nez s'écrasaient comme un élevage d'escargots grimpeurs — mais c'était toi l'enfariné. Eux bavaient seulement. Incomestibles. Et tu rayonnais, tu te cognais les menottes à la glace dans une vaine tentative de leur serrer la louche. Puisque tu pouvais pas faire autrement... ce que c'était drôle!

Il y en eut même un, débrouillard ingénieux, pour planter une guitoune et vendre des tickets. Ton père en fulmina sous l'avatar. Il s'était justement déguisé en perron, histoire de pas quitter la maison en restant au jardin, pour les avoir à l'œil, tous ces goitreux...

mais à l'œil, attention, distingo ! s'il y avait profit, en bonne justice, ça devait lui revenir. Une voix surgie on ne sait d'où — vous, vous le savez, on vous l'a dit, c'était le perron, façon pierre de taille, domanial à s'en croire à Chenonceaux, jamais l'assureur avait lésiné sur l'accessoire — harangua la foule : C'est un escroc, payez pas ! A quel titre ? Le voyou se reconvertit dans la jonquille des bois, le petit bouquet rond à dix balles, aussi saisonnier mais plus durable que le muguet. On n'en entendit plus parler — c'est qui le patron ? faudrait voir !

Extra-muros donc y avait foule. Intra, ça devenait de plus en plus coton. A deux mois d'âge, l'insonore, non content de te donner en spectacle et de tabasser ta mater toutes les fois qu'elle se voulait alma, tu parcourais les pièces en tous sens sur tes mégapodes et te découvrais chaque jour de nouveaux talents... des aptitudes affolantes. Muni d'une bouteille d'eau de Seltz, t'aspergeais à tout va. Là où le bambin moyen, terriblement lesté par son derrière encore alourdi de couches, devient sujet aux chutes — Oh, patatras, na encore fait poum ! — tu t'essayais aux cascades. Y tenait le choc ton corps de latex. Tu te flanquais si souvent le blair dans les portes qu'on n'a jamais su s'il était devenu gros et écarlate par suite ou selon un programme bien établi à l'avance dans la double hélice, élémentaire mon cher Watson. Et à supposer même que tu réfléchisses, gniard impavide, comment t'aurais su que tu lui faisais bobo, à maman, quand surgissant de derrière le frigo tu lui escamotais soudain sa chaise, l'instant qu'elle allait s'asseoir, dans la cuisine, à peler quelques patates sur le dos plat de ton discret paternel déguisé en table et toujours pas reconnu, puisque toi t'avais jamais mal à ce qu'on dirait ? Alors elle s'affalait d'affilée, se foulait ci ou ça, s'élonguait des ligaments, et ravalait ses larmes en bandant ses entorses. Inutile de te battre : tu demandais que ça. T'appelais les coups désopilant foutriquet... Toutes choses sous l'œil des resquilleurs agglutinés qui n'en pouvaient plus du spectacle. Et tu déambulais ! Plus moyen de te tenir en place. Un matin, la femme aux yeux mauves te découvrit dans l'évier.

C'était justement au lendemain de la nuit de noces. L'oiseau bleu constipé avait fui vers d'autres cieux. Encore alanguie, l'œil étranglé par des flots de lumière dont il avait peu soif, elle avait gagné la cuisine pour préparer le petit déjeuner... se consoler de la disparition de son trop rare époux. Je vais en faire pour deux... pas possible qu'il me quitte comme ça... il a dû aller chercher des cigarettes ou je ne sais quoi, son canard... Qu'est-ce que c'est que ça ! ?

Oui, c'était toi. T'étais là, la nuque appuyée au rebord, la fleur du chapeau pendant dans le vide. Les pieds jouxtant les robinets. Et de ta bistouquette dégagée toute raide du maillot (qui a dit que les langes avaient pas de sexe?) jaillissait en joyeuse arabesque... tout gracieux... un jet d'urine au sommet duquel dansait une balle de ping-pong.

— Quelle horreur! Petit saligaud!

C'en était trop, qu'elle se récriait la matouse, le faubourg encore dans la joie, la tête déjà dans l'affreux. Tu lui avais boulotté son souvenir, équarri la tendresse. Alors, celle du mari avait pas fini de la mettre en fleur que celle du fiston lui faisait farce! Non, l'espace d'un instant, chez cette culottière presque exténuée pourtant de bonté, ce fut la haine... D'autant qu'un coup d'œil en biais, à l'intuition, vers la fenêtre, lui fit découvrir les éternels badauds rigolards, seul parterre de ce jardin naguère si floral. Voilà qu'ils la gouraient maintenant en nuisette, ces nuisibles! Surprise au lit, pratiquement, elle qui avait accepté de convoler avec un veuf coque pour ainsi dire tellement qu'il était frais... mais contre son gré, regimbant même à la cour cantinière qu'il lui avait faite par-devant internes et infirmières, là, elle en eut l'impression qu'elle jouissait en public... copulait sans ambages devant les masses. C'était pas les six jours sa vie quand même! y tarderaient pas à apporter leurs saucisses, les amateurs !

Toi, le jet tari, la balle retombée, t'avais déjà sauté à terre et tu faisais le coup de l'éternuement silencieux mais dévastateur... la tête rejetée en arrière... la terrible grimace... at...chou !... un bond de trente centimètres dans les airs... et à répétition ! Le vrai accès, la dernière extrémité. Elle était si bonne, je te dis, qu'aussitôt elle s'inquiéta de la santé du poussin, te prit dans ses bras, t'emporta en courant dans l'escalier... sentant même pas la grêle de coups de poing dans la gueule ! Au berceau, qu'elle voulait te remettre, dans la mignonne chambrette rose bonbon que la prédécesseuse avait concoctée pour accueillir une progéniture qu'elle pouvait pas prévoir si meurtrière. Dans la panique toute sa rancune avait fondu :

— Tu t'es pas fait mal, hein, mon bébé, tu t'es pas fait mal ?

Elle comprenait donc pas qu'avec toi on peut pas savoir ?

La porte de ta chambre était ouverte, elle y entra en trombe et n'en crut pas ses yeux : c'était-y dieu possible ? Elle se dit qu'elle rêvait encore, que l'oiseau bleu avait viré vautour et lui caguait, maintenant, sur la tête, en vraie charogne. Mais non. Elle eut même pas besoin de se pincer, tu t'en chargeais. Envolés, la couette douillette, le menu baldaquin à fanfreluches façon bébé empire, et le matelas miniature, le sommier de lattes exprès, et l'armature ! Et les roulettes ! Elle comprenait plus... elle pouvait pas.

Ton berceau, tu l'avais bouffé, Rofo.

4

Rofo qui avait élu désormais domicile nocturne dans l'évier... qui dormait plus que là, à l'aise sous les robinets. Et sur cette pierre... trop polichinelle pour être au lit... si elle l'avait écouté lui qui dit jamais rien, il y serait même resté pour les vaisselles, les ablutions et les rinçures. Un penchant marqué, qu'il avait pour la flotte. Et sa salade il la broutait plus qu'en flottille dans la bassine, quand maman la nettoyait. Elle, toujours à la tâche, morne cheval, s'en plaignait pas — ça lui faisait de la compagnie.

Séduite, épousée dans les conditions qu'on sait, faut dire qu'elle aspirait à autre chose qu'avaler la poussière à l'étage, bergère des moutons du dessous de lit, avant de cavaler à la cave selon sa besogne, où qu'était la buanderie, puis transhumer vers la cuisine où fallait récurer récurrent... peler... frotter... sous l'œil glauque du cauteleux qu'elle démasquait jamais, réfrigérateur, chauffe-bain, table, tabouret, tant il avait de ruses le sioux assureur !

Si elle pleurait beaucoup, les larmes l'aveuglaient pas tout à fait. On a de la jugeote dans la culotte. Dodue, elle était pas dinde : jamais elle avait renoncé à servir des repas pour trois, d'abord parce qu'elle pensait qu'il finirait bien par rentrer puis parce qu'elle constata que la tierce assiette laissée pleine sur la table terminait toujours mystérieusement nettoyée. Il était là. Plus camouflé qu'un caméléon mais présent. Question carnaval elle était déjà servie avec son bébé clown... ne se sentait guère le goût de traquer l'époux clandestin sous les fregolinades... frigo, lit, table à repasser... tu repasseras ! Plus métamorphique qu'une coulée de lave, le fuyard. Seulement, elle était assurée de trouver l'agent à son cabinet. Elle s'y essaya :

— Allô, je voudrais parler à mon mari, s'il vous plaît.

— Ne quittez pas, je vais voir s'il est là.

— ...

— Allô, ma biche ?

— C'est pour te parler de Rofo... Il s'est installé dans l'évier.

Ce genre d'habitude est bientôt prise. Surtout qu'elle était romantique et avait du tempérament. Elle

s'en remettait mal de sa lune de miel fantôme...
« Hâtons-nous, jouissons » qu'il avait dit.

— Je te vois ce soir?

— Comme tous les soirs, mon aimée.

— Je te parle pas de la table de nuit... du jeté de lit (t'es complètement jeté, faut dire, mais c'est pas une raison)... ni de la cabine de douche. Tu m'affoles!

— J'ai mes raisons.

— Mais je doute de la tienne et suis en passe de perdre la mienne.

— Ah, je t'en prie, pas de jeux de mots. C'est trop grave. On voit que c'est pas toi qu'es la risée des voisins.

Il comprit dare-dare, le transformiste, que s'il voulait la paix, fallait mener la guerre sur plusieurs fronts. A force d'échapper à un danger, il en avait négligé un autre, et de taille. Une solution s'imposait : chaque nuit, quand elle rejoignait l'oiseau bleu, son homme se matérialisait brusquement à côté d'elle sur le matelas. Et c'étaient des fredaines... des sondages du panier de la ménagère... des cueillettes d'orteils en fleur... des pattes d'araignée à n'en plus finir... des branles du loup... basses danses — c'est drôle quand on sue, c'est seulement en eau qu'on s'en soucie soudain, déjà détrempé... lubrique. Mais ça s'évapore fissa... sitôt fini cricon-criquette, ça sèche en rien, le jus d'andouille... rosée du matin vite en brume. Elle s'éveillait dans son mitan désert, tirée à quatre pervenches, pour se demander chaque fois si elle les avait pas rêvés les chevaux du roi... si Villejuif avait bien été mis dans Pontoise ailleurs que sous l'œil de l'oiseau d'azur, et bref... fallait faire le lit, retourner le page. J'ai pas que ça, moi !

T'avais marché très tôt, tu parlerais jamais. T'étais rapide ou lent ? Mais t'avais des talents, des tas... latents. Et qui commençaient à éclore. En queue de fleur, sous ton chapeau, t'aurais-t-il un cerveau ? Faudra attendre l'autopsie. Ton nez d'abord, enflammé comme une appendicite nasale, un beau matin, planté sur les tomettes, pour que maman tourne la tête, tu l'as saisi entre le pouce et l'index et tu l'as fait couiner honk ! honk !... Grande première !

— C'est toi, Rofo ?
— Honk ! honk !

— Allô ! Il a parlé !
— Ça y est, tu perds la tête, c'était à prévoir.
— Mais non, façon de parler.
— C'est bien ce que je dis.
— Mais non... son nez ! qui couine !

— Appelle un médecin. Un peu de rhinopharyngite, ou quoi...

— Mais non, pas en respirant — exprès : en le pinçant entre deux doigts. Pour attirer mon attention. Et puis tu sais pas ? Quand je l'ai regardé, de sa couche, il a fait sortir un foulard, deux, trois ! Quinze en tout, de toutes les couleurs.

— C'est ça, j'ai engendré un clown ! Quand t'auras des vraies nouvelles, appelle-moi. Mais si c'est pour me retourner le fer dans la plaie...

C'est ta mère qu'était déçue ! Toi tu t'ingéniais... des trucs, et des plus divers, t'en faisais sortir de partout. Toujours devant une fenêtre... applaudissements côté jardin à l'apparition de l'artiste, éternel sourire de trois mètres, révérence, main tendue, halte au carreau, forcé. Mais alors, hop ! des mains jointes puis entrouvertes, pfuit ! une colombe. Ah, bravo ! Reluque le monstre, je veux ! Les mongoliens, plus fréquents, savent tout juste tirer la langue, mais là ! Presque envieux, y-z-étaient soudain de la semoule où pédalaient tes chromosomes. Magique, probable, le spermato qu'avait oublié en route la moitié de son paquetage dans la grande ruée contre l'ovule... Un handicap, ça ? oublie-moi !

Et toi, plus palmipède que le plus pattu des canards, tu te dandinais sur les traces du croupion maternel, oscillant à ce point du coccyx que, n'en déplaise à l'autre multiforme, tu la risquais sûrement pas la rhinite, si j'en crois les homéopathes. Entre deux numéros à la croisée, fatigué d'être contrecarré par le carreau, t'émulais l'Hercule en mules dans ses travaux. As de la serpillière, tu devins, maître de balais trois fois hauts comme toi, grand traqueur de poussière. Tes pieds plats faisaient comme la queue d'un obstiné castor sans Pollux, Ajax récurrent, tout petit monsieur Propre ! Honk ! honk ! voyez comme elle brille ma cuisine, honk ! honk ! j'étincelle la salle de bains, honk ! honk ! j'extermine les cafards à la cave, avec d'autant plus d'entrain que je les boulotte tout simplement — c'est du boulot ! Honk ! honk ! place à l'exterminateur ! Mais la gratitude ? Vaut mieux pas en causer. C'est que t'avais tes méthodes — clownesques — et qu'elle avait les siennes. La demi-tomate passe pas pour idéale comme lavette à vitre ! La purée de pommes de terre fait pas briller les parquets pour de bon. Toi tu travaillais pour de rire, c'était ta nature... parce que tout de même, dis, t'as une nature ? Honk ! honk !

Et quand pour faire partir les taches tu pissais partout sur la moquette et la frottais avec une tranche de jambon... Qu'est-ce que c'est que ce cirque ? Voilà comment qu'elle te récompensait. C'était carrément l'épithète homérique, pourquoi qu'elle te traitait pas de clown, tant qu'elle y était ? Un autre se serait découragé.

— Allô ? Devine ce qu'il a encore fait ?

— Mais tu me laisseras donc jamais oublier mon calvaire ? Qu'est-ce que tu veux ? Que je me tue ? Que je le tue ?

C'est comme ça que t'as grandi, Rofo. Clownicule aberrant, cinq ans sans mettre ton gros nez rouge dehors. Ton père avait trop honte, ta mère avait trop peur... Alors — nanisme affectif ? Sautons pas aux conclusions. Tout ce qu'on sait avec toi c'est qu'on peut pas savoir. En tout cas, t'étais apparemment stabilisé à ta taille définitive, nettement en dessous du mètre. V'là autre chose !

— Je suis dans le service du professeur agrégé Guiliguili ?... Merci. Professeur ? Je suis le papa du petit Rofo... Non, catastrophique : y grandit pas... Oui, oui, cinq ans déjà...

Si elle était équilibrée son alimentation ? Alors là, conforme aux meilleurs ouvrages... à la lettre, méticuleusement, les recommandations du professeur Guiliguili... Un tiers de lait, deux tiers d'eau, oui... jamais de petits pots ! Le laisser picorer, oui (l'est con çui-là ou quoi ? Le moyen de faire autrement !). Figurez-vous qu'il dort dans l'évier, qu'il y broute en bassine d'énormes quantités de laitues. Ah ? Normal ? ! C'était lui le professeur agrégé... repris en fait par son obsession — et l'appareil génital ? Ben ouiche ! Comme ci... comme ça, et la taille, diamètre, longueur, les manifestations, et le scrotum... et toujours glabre ? Ben... à cinq ans ? Mais c'était une aberration de la nature, fallait tout envisager. Peut-être adulte, déjà, savait-on ? Reproducteur ?

Il avait raccroché, atterré. C'était à dégoûter de se tremper la nouille. Ou alors interruptus. Qu'allait-il faire dans cette glaire ? Pour une fois entre nous, la sauce ne valait pas le poisson... ni le jus la chandelle ! Fallait-il qu'elle fût tarée sa semence ! Quant au distributeur automatique d'ovules, saccagé par son propre produit, fallait pas compter lui faire porter le chapeau. Il était pas con, l'homme qui inventa la capote, et tout le reste est allitération. Y a des moments où l'assureur navré tourne philosophe, le chaud lapin vire Schopenhauer... malthusien en diable : le silence de ces espaces infiniment petits... mon frai... que j'ai lâché frétillant, comme une carpe... Poisson d'avril ! Ah la vache ! A tuer, si elle n'était morte ! Comme si toute éjaculation n'était pas précoce !

Jamais j'aurais dû lui lâcher la purée, mais qui pouvait prévoir les détails de mes gênes, y a jamais eu de nain dans la famille. Ou alors des cousins qu'on m'a pas présentés. Décidément, morte ou pas, c'est de son côté. Je me suis fait avoir. C'est quand je l'ai vue en cloque après cette nuit bizarre que j'aurais dû avoir le culot de lui suggérer une petite excursion vers la grand-ville. Elle serait pas morte, aujourd'hui. J'aurais pas l'autre meringue à m'encroûter. Que j'aime, d'ailleurs, précisons. Comme si ça consolait de quelque chose. Je la vois d'ici, l'autre, la vraie, longeant un corridor glacial, comparant le numéro des portes avec les chiffres griffonnés au crayon sur un petit bout de papier d'emballage. Et puis la salle d'attente, le toubib véreux, agrippé à s'en mettre plein les fouilles, obséquieux tout de même façon loufiat qu'a fait des études, comme y sont tous — « Petite madame ! allez je vous prie vous accroupir dans un coin sur ce papier journal, que je retire vite fait cette parcelle de vie. Bon, vous voyez bien que c'était rien. » Thérapeutique à l'hôpital ou clandestin dans les faubourgs, curette ou tringle à rideaux, aiguille à tricoter, poire à lavements, c'est du pareil au même. On a beau dire, c'est l'homme qui souffre le plus.

Ouais, ouais, je vous entends d'ici, je sais la souffrance des femmes. Qui vous croyez qui paie les factures pour tout ça ? Et le travail et les douleurs, les césariennes et le tintouin ! Sans parler des cintres en fil de fer redressés. Qui saigne pour toi tous les mois ?

— Dieu veuille que ce soit tous les mois. Et qui risque sa peau pour tes péchés ? Je sais je sais, oui. Mais je suis pas, moi, le voyou motard en virée qui la cogne trois quatre fois derrière le bal et a depuis longtemps disparu dans un vrombissement quand elle s'avise pauvre pomme de lui demander un peu de fric, au moins une adresse... pas confondre ! Ça m'aurait fait plus mal qu'à elle ! Jamais, dans la famille, des nains, y en a eu.

C'est comme ça que t'as pas grandi, Rofo. Pris de l'âge, seulement. Cinq années sans comprendre — c'est sûr ? — que la lumière s'éteint et la lumière s'allume, que le soleil s'en va et le soleil revient, que les feuilles poussent pour tomber et tombent pour pousser, qu'il y a dans tout ça quelque chose de cyclique — ta tête est vide, et pourtant elle tourne. Le jour, c'est quand les rieurs s'amassent au jardin, qu'on peut pas les toucher, qu'on voudrait bien, qu'on les ébaubit à répétition, par des tours de main, des doigts prestes... La nuit, c'est un grand café noir au carreau qu'on voit pas le fond de sa tasse, ni même l'autre côté de la rue. L'été, c'est quand les radiateurs sont froids, qu'y a des cui-cui partout, des trilles, des machins vivants qui passent en flèche, deux écureuils qui s'ouvrent un compte épargne à la banque de l'arbre, gros rapport... L'hiver, d'un seul coup tout est blanc et enflé, y a presque plus un bruit, les spectateurs, quand y s'approchent, en tendant bien l'oreille, on entend comme un crouïc crouïc, parfois. Qu'est-ce que c'est? Et puis les gens qui passent dans la rue, stroboscopiques entre les arbres noirs de tronc, blancs de branches, y z-ont des pieds qui se mettent à ressembler aux tiens — un peu plus petits bien sûr — mais en caoutchouc noir. Est-ce que tu comprends ça, Rofo? Est-ce que tu comprends quelque chose, petit guetteur posté à rictus qui cache quoi? Qui sait pas qu'il est né, qui voit bien que les autres sont pas clowns...

Y avait donc des printemps, des étés, des automnes, le big bang se répercutait en ondes concentriques dérisoires dans ce coin de banlieue en petit bout de lorgnette, pour que les chiens chient sur les trottoirs et que les crottonautes ramassent, les uns et les autres éperdus de reproduction. Curieuse relation d'intimité entre la voie lactée et la voirie... contraste! Et le cinquième automne de ta vie, t'as dû remarquer quelque chose, forcément toujours à ta fenêtre... Un matin particulièrement gris, que l'aurore rodhodactylographiait plutôt au carbone ce jour-là, t'as foncé dans la cuisine, saisi le grille-pain trapu que ta mère allait juste s'en servir, et tu l'as emporté dans la penderie paternelle où t'as choisi deux cravates. Ingénieux, tu les as glissées dans la fente chacune à un bout et ressorties par l'autre côté. Un détour par les chiottes histoire de t'enrouler le cou de cinq mètres d'ouate de cellulose dégueulassement parfumée à la violette en en laissant pendre un bon pan par-dessus l'épaule. Et t'es allé te planter devant la porte, le grille-pain dans le dos avec les cravates en bretelles... Honk! honk! Comme ça, devant la porte... et dans ton sourire toujours pareil, quelqu'un de très, très malin, aurait peut-être pu distinguer comme un vague semblant d'espoir.

Ta mère est sortie de la cuisine. Avec toi y a longtemps qu'elle avait renoncé, mais elle était après le grille-pain. Elle était pas mauvaise, cette femme, même désabusée des pulsions maternelles... elle a jaugé la situation aussi sec.

— Allô? Figure-toi qu'il veut aller à l'école.

— Tu te décideras jamais à me lâcher? Où est-ce que t'es encore allée la chercher, celle-là? Je t'ai donc pas tabouré les fesses suffisamment, repu la libido ad libitum? Faut que tu rêves des contes fantastiques en astiquant l'argenterie? Que tu bâtisses des châteaux au blanc d'Espagne en lavant les carreaux? Écoute donc plutôt la radio, y a des émissions très bien maintenant pour les femmes libérées. Arrête, je te dis, une bonne fois, de fantasmer sur ce monstre!

— Ah non vraiment tu m'exaspères. J'aurais bien dû le laisser crever, et toi avec. Où sont passées mes plus belles années ? Je te dis qu'il veut aller à l'école !

— Admettons. Je t'accepte pythonisse — va jusqu'au bout : quel établissement scolaire en voudra ? L'école des clowns, c'est pas vraiment la peine. Et une autre, ça m'étonnerait.

— Pourquoi si désagréable ? Écris au recteur, téléphone, sollicite une dispense...

Pendant ce temps-là, toi, chaque matin, tu prenais racine dans le vestibule avec ton drôle de cartable, ton écharpe en torche-cul... et t'attendais, Rofo.

5

Rofo irait-il à l'école ? On a pu dire que le clown en classe n'est pas toujours le bienvenu. A cinq ans, l'enfant est incontestablement en âge. Tout petit citoyen doit pouvoir bénéficier de l'enseignement public. Mais il existe, même chez les mineurs, des cas de force majeure. Faut-il vraiment qu'il se montre ? Quel effet produira-t-il sur ses petits condisciples ? Ne risquent-ils pas de le considérer comme un raccourci de héros télévisuel ? Pis, de le prendre pour un monstre. D'en concevoir des terreurs nocturnes... accès de rage... énurésie... érésipèle ! Quand on parle du clown, en voit-on l'accueil ? Serions-nous avisés d'introduire ce loulou dans la nurserie ? Bref, le sujet mérite réflexion. Le recteur dans sa rectitude a donné des directives pour qu'un haut fonctionnaire vienne sur place examiner la situation et jauger le petit impétrant.

C'est ce Mortimer Benedictine qui va être dépêché. Il a pris contact avec ton papa. Dûment mandaté, il se propose de passer tel jour à telle heure. Pour te voir, Rofo, le prétendu clown... décider si tu es apte à la rude inculcation des rudiments. Toi, du nez rouge... du sourire indélébile. Débile ? Il jugera. Maman l'a passé au cirage, ce nez, pomponné... pour séduire le grand éducateur. Tu as endossé un habit de clown tout neuf et, une fois n'est pas coutume, ton papa est là... même, il a réussi à débarrasser le jardin, peu accueillant en cette saison, des voyeurs envahissants... un simple coup d'œil au canon de son fusil à pompe les a convaincus. Pour peu qu'il y ait songé plus tôt, aurait-il évité les déguisements ? Peut-être que ça l'amuse, après tout, cet insondable... Mais on sonne. Mortimer Benedictine sur le seuil. Dans la cuisine, la culottière empile tarte sur tourte pour une éventuelle tentative de corruption par hydrates de carbone. Elle compte attraper l'oiseux en lui mettant du sucre sur le bout de la langue. Et s'il n'est pas sucré, l'oiseleur, en femme de ressources, elle a des renforts : un régiment d'amuse-gueule dans le réfrigérateur. C'est de sa mère à elle qu'elle tient la recette : le piège à homme, l'appâter toujours avec de la bouffe, la ligne du cœur passe par les papilles avec correspondance au pylore et au duodénum...

Toc toc toc ! Qui est là ? Mortimer Benedictine. Ton père s'est armé d'un journal déployé pour faire celui qui est souvent là, décontracté, avachi sur la vachette du canapé... déguisé pour une fois en pater familias. Pour faire plaisir à l'autre, elle s'est précipitée à l'huis, l'hôtesse... essuyant, au tablier qu'elle ôte, ses mains enfarinées avant de le jeter en boule sur une chaise de cuisine.

— Bonjour. Mortimer Benedictine, académiurge.

— Bonjour monsieur Chartreuse, donnez-vous la peine d'entrer. Je suis confuse...

— Point n'est besoin. Benedictine...

— Pardon, pardon, monsieur Arquebuse. Si vous voulez bien me suivre au salon... Mon mari... M. Noyau de Poissy.

— Enchanté. Benedictine. Mais je croyais avoir affaire à M. Declown.

— Vous en êtes un autre. Honoré, honoré...

— Et moi Mortimer. Vous avez raison, sans façons, appelons-nous par nos prénoms, Honoré.

— Pardonnez la confusion bien compréhensible de ma pauvre épouse... C'est une manuelle, vous savez, monsieur Génépi. C'est par votre visite que je suis honoré, pas par baptême ; et le nom qu'elle a prononcé, en toute bonne foi croyez-le bien, était le vôtre, pas le mien. Veuillez prendre place.

— Be-ne-dic-tine, j'insiste.

— Hélas! nous n'en possédons pas, monsieur Kirshwasser, en revanche, j'allais vous offrir un doigt de porto...?

— Volontiers, volontiers... Nous n'en sortirons jamais, abrégeons les présentations. Je viens examiner votre petit prodige.

Il sourit Mortimer Benedictine, et son sourire ressemble à une branche dénudée à laquelle se raccrochent un écureuil ou deux dans la désolation. S'il reste un seul oiseau qui n'a pas regagné l'Afrique du Nord, il est mort gelé. Transie, ta mère se précipite en coulisse et revient chargée de tartes.

— Vous en prendrez bien un petit morceau.

Benedictine se tortille sous la mallette austère qu'il a posée sur ses genoux.

— Merci, voyons l'enfant.

— Vous appelez ça un enfant!

— Plaît-il?

— Pas à moi, vous l'aurez compris. Enfin... oui, oui, « l'enfant » est là.

Et le voici, mesdames et messieurs, pour le plaisir de tous, Rofo le clown! A-t-on entendu, quelque part, rouler un tambour... éclater une fanfare? Il entre, main et sourire tendus. Benedictine, qu'a jamais connu d'autre cirque que les amphis d'agrégatifs, ouvre de nouveau sa bouche funèbre. Mais cette fois, pas question de la refermer... le menton de l'éminent pédagogue en tombe sur sa mallette. Et toi, deux fois la révérence comique, puis l'éternuement at-chou ! dans les airs... et tu retombes sur le derrière, boum ! juste à côté d'une chaise. Te voilà debout, tu prends la chaise, la place à l'endroit où t'es tombé, te rassieds à l'endroit où était la chaise. Boum ! Aurais-tu compris qu'il faut séduire le monsieur, se mettre en frais ? Pourquoi tu distribues comme ça, Rofo, ta confiture au cochon ?

— Oui, je vois, oui... C'est bien ce que l'on m'avait dit. N'est-ce pas, mon garçon ? Car c'est bien un garçon ?

Des deux mains tu désignes le mât qui a tant intrigué l'aréopage — cent quatre-vingts millimètres de cierge à brûler sur l'autel du libre échange ! — Vous lui avez tendu la perche, dit l'agent d'assurance peu habitué à donner des verges pour se faire battre et s'empressant d'ajouter : Il est paré pour l'école. Aimeriez-vous le voir compter ? Compte, Rofo !

Et toi, petit âne, lentement, lentement, tu lèves le pied... effort énorme, et par trois fois tu claques du talon.

— Trois ! Il a compté jusqu'à trois. Vous en redemandez ? Compte, Rofo !

Qu'échafaude-t-il pour t'exécuter ce monsieur Déloyal ? Sous l'immortelle qui tremble un peu par-dessus ton doulos la parole paternelle t'es entrée dans l'oreille, paterne... mais qui pourrait dire le trajet ? Au bout du nerf, y a-t-il une cervelle ? Révérence... zapateado frénétique !

— Sept ! Il a compté jusqu'à sept.

Le voilà réceptif, le Benedictine. Pour la ménagère sagace, c'est du gâteau ! Elle lui fourre entre les mains l'assiette à fleurs portant une part de tarte.

— C'est une pâte sablée. Ma mère m'a appris à faire le trottoir — croustillant, non ? Mais j'ai doublé la proportion de crème de la garniture.

— Hein ? Heu... pardon ? Crunch-crunch... Mmm... mélichieux ! Merchi, madame.

— Ah, M. Drambuie. Vous êtes trop bon.

Il mastique, Benedictine, mais, grand tenant de l'onomastique, il maronne : depuis l'enfance, ça l'écœure, d'avoir un nom de liqueur, le P'tit vers, qu'on l'appelait à l'école, déjà, pour l'asticoter, alors cette femme qui fait sa sucrée... melliflue que c'est pas possible, elle commence à le tanner sévère. Il décide de poursuivre l'entretien.

— Rofo, tu as cinq ans, n'est-ce pas ? Parfait. Je suis ici pour te faire subir un petit examen. Sais-tu ce qu'est un examen ?

Hop! Rofo, torse nu, allongé sur la vachette. Haaaaa... tirant la langue à se l'arracher. Sourire arctique de l'anthroponymiste indulgent.

— Non, Rofo, pas ce genre d'examen. Plutôt comme une espèce de jeu. *Panem et circenses...* si je puis me permettre. Sais-tu ce que c'est qu'un jeu? Non, non, je ne veux pas tirer de cartes. Mais c'est bien ça, c'est très bien. Je vais te poser un certain nombre de questions simples et je veux que tu me répondes. Es-tu prêt?

Rofo le clown a fait disparaître le jeu de cartes dans une manche de son costume vite rendossé. En trois bonds de ses grands nougats le voilà qui s'approche du pédagogue, tout près... des fois qu'il ne serait pas assez près. La pâtissière a vu l'ouverture. Promptement, l'assiette au magister est regarnie.

— Laissez-vous faire, monsieur Triplesec... rien que des bons produits... si, si, ça me fait plaisir...

Résigné, le polaire enfourne, mâchonne, déglutit — encore un que les pingouins n'auront pas. Si la mégère étouffe-chrétien persiste, s'évertue... redoutable! il va y laisser son dentier. C'est qu'il joue souvent à recaler, rarement à se caler les joues, le squelettique érudit... il reprend son travail de Benedictine.

— Alors, première question. Quelle est la couleur du ciel ?

Rofo, d'abord immobile. Puis, gagnant la fenêtre... montrant du doigt en haut du carreau.

— C'est exact. Le ciel est gris, du moins aujourd'hui. Abordons la question numéro deux sur ce petit questionnaire que je dois avouer avoir composé moi-même et que l'on appelle d'ailleurs — officieusement — le Questionnaire Benedictine.

Ah, c'est qu'il est pas peu fier, le maigre cuistre réfrigérant... il en frétille du croupion, le pion... se rengorge comme un sale volatile prédateur — l'oiseau qui fait Q.I.-Q.I.

— Sais-tu ce qu'est un arbre ?
Rofo sourit.
— Sais-tu où est la Chine ?
Rofo sourit.
— Sur quoi peut-on lire l'heure ?
Rofo sourit.
— Un arbre... la Chine... l'heure... sais-tu ?

Tu souris, Rofo. Que cherche-t-il à la fin, l'ornithoringard ? Il te pousse à bout... les derniers retranchements — soustraction, division, multiplication... garçon, l'addition ! Ah, on va voir ce qu'on va voir.

Rofo se précipite à la cuisine. Revient bientôt, une assiette à plat sur chaque paume, chargée d'une tarte à la crème, recette maternelle — j'ai doublé la crème — en droite ligne de sa mère.

Instant fatal! C'est pour aboutir là que s'est transmise de génération en génération la recette crémeuse, que Philibert a mené Clarisse — une frisonne — au taureau, que la vache a conçu, mis bas, qu'on lui a piqué son veau... c'est pour aboutir là que Pasteur (un coup de bol qu'y s'appelait pas Sodome) a inventé la pasteurisation, qu'un Hollandais très ingénieux a imaginé un conditionnement parallélipipédique stérile stockable en diable... qu'un syndicat de péquenauds démerdards s'est échiné à créer une coopérative laitière, qu'un camionneur mal réveillé a fait avec son gros-cul entre loup et chien sa tournée dans les odeurs de bouse — attention les bidons! Quand on pense! Et ça rien que pour rendre compte qu'elle a acheté de la crème UHT... un rien! Sans parler du magasinier qu'a peur de perdre sa place, du Superu ou de l'Hypero, des vendeurs, des rayons, des caissières, du vigile, des cages basses à roulettes, qui se bloquent parfois, et se renversent... asperges... mamelles en figue sèche... eh, là! où qu'on va? Et la farine? Le geste auguste (ça, tu connais!) du semeur, le soleil qui s'en fout, qu'a brillé quand même quand y pleuvait pas... le tracteur en panne, crénom! — le chemin de fer, tous ceux qu'ont crevé en posant les rails... les minotiers... encore des camions, des routes, des routes... toute l'accumulation incroyable des circonstances et du boulot qu'a fallu, des morts, des morts, des morts... des larmes et du sang, un peu de foutre, trois tressaillements, l'histoire des hommes, qu'ont d'abord été crocodiles... le vertige, je te dis, Rofo. Tu pars d'une tarte et t'arrives où ? Sur la lune ? Dans les étoiles, froides et qu'on voit encore malgré qu'elles soyent éteintes depuis plus longtemps qu'on peut réfléchir ? Toi qui réfléchis même pas.

Fatal instant pour aboutir... Souriant toujours sous les projos qu'existent pas, à lui balancer les deux tartes, au pion, en pleine tronche, façon cymbales. Bang ! Plaf ! Et t'as conclu royal : Honk ! honk !

Le voilà propre, le propédeute, poisseux, perdu. Sa liasse a viré au millefeuille. Manque plus que le sucre glace. Mais pour le coup, le glacis, le glaçage, la glaciation, aglagla — c'est la toundra, c'est la banquise sur la banquette en vachette. Le zéro absolu. Et toi, dans l'énorme silence, tu salues. Y dure quoi, ce fatal instant surgelé ? Mille ans (encore un oiseau !)... une nanoseconde... pico, peut-être ? Ti... ta... lève la queue et puis s'en va, l'instant... z'ont pas suspendu leur vol longtemps les heures peu propices !

C'est le branle-bas dans la volière... ça tourne basse-cour ! Tu couines... ton père craquette... cloc-cloc-cloc, ta mère gloussant panique ayant retapissé le danger du grand inquisiteur qui pâtit sous la pâtisserie et tremble comme feuille, se précipite avec force serviettes et nappettes en papier pour l'écrémer cent pour cent, s'attaquer au nappage. Mais c'est qu'elle l'a doublée, la crème, elle veut torcher, elle tartine ! Le tarin, les châsses torves, la tronche entière au tordu décharné que ça fait salement tartir et qui l'écarte, la repousse en tourbillon.

Ton père il en peut plus, il saute au placard, tâtonne une étagère, trouve la boîte à chaussures qu'il cherchait, écarte les chiffons. Merde ! il brandit un revolver. Il le pointe contre sa femme.

— Bouge plus ! C'est fini les faridondaines, les cafouilleuses fariboles ! C'est dit. N-i-ni, c'est fini. Un mot je te plombe. J'en déborde, moi, de ce monstre. Y serait pas bon à nourrir un chat. Tu m'entends, tu m'entends ? qu'il écume tout rouge, Scandinave à l'envers, après la neige le sauna. Tu vas me le saisir au valseur et le virer à la voirie. Aux ordures, le clown, à la poubelle, à la décharge, ça me soulagera !

C'est qu'elle veut pas mourir si jeune, pour cet enfant peu gratifiant, qu'est même pas le sien ! Et pendant que Benedictine dégoutte, mains sur la mallette, mallette sur les genoux, pétrifié... plus mortifié que la mer Morte, le Mortimer, qui vire au vert, maman file chercher un sac poubelle, un grand, un noir, et en revient munie, dare-dare. Toi t'es là, t'y arrives pas aux cuisses à la charnue, la tête levée vers elle, tu souris sous le bitos. Et c'est du sac qu'elle te coiffe — quel nouveau tour ? Te retourne en un tournemain, fait un gros nœud, cinquante litres de clown en sac. Seulement t'es dense malgré tes danses, elle a du mal à soulever. S'adresse suppliante au mari tirailleur :

— Aide-moi, il est trop lourd.

— Gigo ! Mais tente rien. Au premier geste suspect...

A croire qu'il s'est déguisé en téléviseur, un vrai feuilleton ! Faut dire qu'il est à cran et dans les grandes largeurs.

— On va le traîner. On l'emmène derrière dans le jardin et on le fourre à la poubelle. Le petit étron a fini de se poiler, j'aimais pas son sens de l'humour.

Depuis tout petit, quand papamanman l'appelait Momer, Benedictine est mou du foie, estomac fragile, vite embarrassé, transit gourd, miction impossible soixante ans avant la prostate. Et même pas besoin de manger, parfois, une émotion, un rien, plume, et le v'là qui dégobille. Alors là ! Bourré de tarte au croustillant trottoir, beurré du dehors et du dedans, agressé féroce par un saltimbanque inscolarisable, empégué faut voir comme, tout englué gluant glaireux, il sent monter d'âcres relents. Et le farouche ménage le dérange un peu aussi, qui veut mettre aux ordures son rejeton, plus à l'école. Un filet de bave lui dégouline aux commissures, creusant un sillon dans la crème, annonçant le retour du filet d'hareng. Il le savait bien qu'il aurait jamais dû finir les oignons qu'accompagnaient, crus, poignants, baignés d'huile. Lui presque anorexique. Il est chouette, le mélange ! Mais il a le savoir-vivre en réflexe... ce remugle immonde, trois parfums, trois boules dans la gorge en cornet, n'est pas à rendre au salon, devant le monde comme un aveu bien infect. La main plaquée sur l'orifice, il bondit, oublieux de sa mallette décorée façon saint-honoré qui voltige à la moquette. Las ! sa trajectoire désespérée vers un éventuel isoloir à gerbe croise celle du couple ahanant qui s'affaire à déclownifier. C'est la collision catastrophique ! Benedictine lâche tout. Ton père, qui halait en déséquilibre, s'affaisse en crapaud sous la gargouille de bile où nage le hareng-chantilly tronçonné par le dentier. Dégueulasse fontaine romaine... à décourager Jean Goujon... la culottière s'évanouit... le sac se déchire, libérant le bidonnant turlupin, qui saute en pie voleuse sur la rutilance du calibre. Il recule d'un bond, pointe le soufflant sur le groupe affalé, gerbeux, innommable. Un doigt blanc actionne la détente, le canon éclate, mû par un ressort, un petit drapeau se déroule sur lequel est écrit : Pan ! sacripant...

Tout est dit. Jamais t'auras la bénédiction de Benedictine pour aller à l'école, Rofo.

6

Rofo, clown de cinq ans, très hydrophile, qu'a repris dans l'évier ses habitudes aquatiques, à quoi tique sa mère, désévanouie depuis lurette, et renouant, elle, avec la vaisselle, la couture, les lessives et le balayage en l'absence du conjoint excédé, déguisé désormais en courant d'air qu'elle peut plus joindre qu'au téléphone.

— T'es si furieux, tu peux même plus décrocher? Mille fois que j'ai sonné! Où t'étais? A courser ta secrétaire? Celle-là! C'est pas elle qui porterait plainte pour tracasseries sexuelles.

— J'y crois pas! C'est donc encore pour m'emmerder que tu m'appelles? T'as juré de me faire crever? C'est ton clown et toi qui conspirent à ma perte.

— Mon clown! T'en as de bonnes! Que d'ailleurs

je ne suis pas ! J'en ai ma claque d'être la ménagère à l'homme invisible. Qu'est-ce qui m'a pris sur ce gratin ? Tellement pas mon genre ! Conter fleurette à la cantine ! Et à la cantonade ! Devant les toubis, tout le personnel.

— Assez parlé d'amour. Si t'as à dire, crache. Sinon je raccroche et je me colle à la liste rouge. Et je m'en fous des clients. Pour ce que ça sert, les sous que je gagne ! M'échiner jour et nuit à nourrir l'engeance exécrable ! Et qu'ira jamais à l'école !

— Ben justement, si tu me laissais parler. L'autre bilieux, là, le Benedictine, figure-toi qu'il a appelé. A son bureau, qu'y veut nous voir. Les parents du petit Rofo, il a dit. Enfin, sa secrétaire. A propos, où qu'elle est la tienne ? Sur tes genoux ? J'entends souffler.

— C'est la friture, pauvre morue. Elle est partie à trois heures, si tu veux savoir. Elle m'a demandé, pour des parents qu'elle a en visite. Avec elle aussi je suis trop bon. Qu'est-ce qu'il nous veut le Benedictine ? A part le dédommagement ?

— Non, non. Y a du nouveau. A son bureau, il a dit. Lundi. Sans tu sais qui. Va falloir trouver quelqu'un pour le garder.

— Là, tu rêves. Aucune étudiante, lycéenne, voudra jamais. On nous connaît partout. Même à cinquante balles de l'heure, ça couvrirait pas les frais de teinturier et la chirurgie esthétique !

— Débrouille-toi, c'est toi l'assureur. Assure ! Mets une annonce. Les pages jaunes sont pas faites pour les Japonais.

— Va falloir chercher loin. Ou alors dans les milieux du show-biz. Un dompteur... un ventriloque ?

Il est pas à la conversation. Il pense à des choses. S'il la tuait, sa secrétaire aux beaux nichons, qu'on le mette à l'ombre une bonne fois... au trou qu'atteindrait aucun clown, à l'abri... débarrassé... à pourrir, jusqu'à ce que son squelette tombe en poussière, un petit tas : un coup de vent, il pourrait encore espérer faire éternuer un con avant de disparaître. Ah, il est rancuneux, vengeur. Derrière la baie vitrée de son bureau des milliers vaquent. A leurs amours, à leurs affaires, à rien foutre. Par-dessus, s'empilent des couches d'immeubles et d'ascenseurs, truffés par-ci de la boutique d'un coiffeur, par-là d'un épicemard, vins fins, cave de la tonnelle. Par-dessus encore, le ciel et les oiseaux qui fientent. Par-dessus, l'air, en molécules de plus en plus fines, et par-dessus, Dieu, à son bureau, comme lui, et sa secrétaire aux beaux nichons, qui lui tend un mémo — En votre absence : Jésus a téléphoné. « Papa, suis cloué. Envoie pinard et pain complet. »

— Bon, d'accord, je m'en occupe. J'avais des projets mais je vais rentrer passer samedi dimanche à la maison. Et lundi on ira voir l'autre.

Dans la boîte aux lettres, une enveloppe de papier recyclé. Ne pas plier, photo. Dedans, protégés par un carton, le cliché et le CV de Rosa Penthaligon : dix-huit ans, yeux noisette, cheveux noirs, un mètre soixante-huit, bachelière, diplôme premier cycle, prête à tout. C'est notre homme, a dit maman.

Au jour dit, à la porte, elle arrive. Se présente. Longs cheveux noirs séparés par une raie au milieu, jupe écossaise. Petit chandail blanc, moulant ce qu'y a à mouler. Et c'est pas peu dire. Abondance de biens n'ennuie pas, ce qu'a l'air de vouloir démentir le mince bracelet de chevilles en alliage d'aluminium même pas chromé. Une valoche aussi.

— Des jeux, j'ai pensé qu'on jouerait.

Mais Rofo le clown invente ses propres jeux... énonce les règles. On sera deux, qu'elle fait. Toi tu lui fais le baise-main comique, la révérence pliée depuis la ceinture, le blair au parquet, les cils papillonnant sous la paupière orange.

— J'imagine que vous êtes au courant, pour notre petit, comment dire, Rosa... garçon, quoi.

— Il est multicolore, je sais ce que je vois, rien d'autre. Mais je sens déjà qu'on va bien s'entendre, tous les deux. J'en suis sûre. On va faire une fameuse équipe.

Les parents exagèrent leur sourire, du type qu'on qualifie généralement de jaune. Elle est bien cette nana, ils sont tentés de lui offrir de te bander les yeux. Si t'es pas sage, de t'enfoncer un pieu dans le cœur... de faire appel, peut-être, au rouleau compresseur. Penthaligon, incapable de détacher ses yeux. De toi, oui. Le souffle qui raccourcit, elle halète presque, et le sourire qu'a l'air collé à ses lèvres, aussi permanent pour ainsi dire que le tien, et sincère. Elle est canon, la minette, et les clowns la branchent !

— Si vous avez faim, soif, y a tout ce qu'il faut dans le frigo, vous gênez pas.

Comme si elle avait l'air gêné. Et papa on dirait qu'il médite... ou qu'il reboutonne son col avec les dents. Tchao !

Les parents traversent la pelouse que les badauds ont mise à l'Attila, en direction du garage et de qui sait encore quoi. Toi tu prends Rosa par la main pour lui faire faire le tour du propriétaire. Vaut mieux un petit chez-soi qu'un grand chez les autres. Elle pend sa jaquette. Une collation ? Des rafraîchissements ? Tes grands pieds l'entraînent jusqu'à une chaise de repos. Elle s'installe avec des revues et tu regagnes ton évier. Si vous avez encore besoin de moi vous n'aurez qu'à ouvrir l'eau froide. Le petit jocrisse éburnéen gravit la pierre, s'installe et dérive jusqu'au pays des songes.

Les bureaux du rectorat, en tout cas l'annexe où officie Benedictine, sont bizarrement situés. Au quatrième étage d'un immeuble dont les trois premiers et le rez-de-chaussée sont occupés par une banque.

— Tu t'es encore plantée, t'as noté l'adresse à la n'importe quoi comme tu fais tout. A la va-vite, sans réfléchir. Cervelle de piaf.

— Non, non, c'est bien là, je t'assure. Tiens, va demander au caissier.

Le père se décide. Entre et questionne :

— Pardon, je sais, j'importune. Vous m'avez l'air caissier parfaitement légitime. Mais ma femme ici présente dit que vous devez être recteur. Serait-ce la banque au rectorat ?

— Non, mais prenez l'escalier au fond du hall à gauche, au quatrième, première porte à droite.

C'est commode, au fond, d'avoir l'Édification

Nationale juste au-dessus d'un sac à fric, cette mangeuse de pognon insatiable. Quand il aura plus d'enfants à s'occuper, le Benedictine en trois mouvements y pourra venir solliciter un prêt. Derrière la porte indiquée, une femme d'acajou est assise à un bureau revêche.

— Oui ?
— N'en dites pas plus. C'est ma réponse favorite. Surtout quand je propose la botte.

Elle a des lunettes en ailes de papillon retenues par un harnais comac et dégage un fort parfum d'aisselle, encore une qui protège la couche d'ozone, qui vaporise à sens unique.

— Vous êtes monsieur Declown ?
— Pas vraiment, mais j'ai rendez-vous. Je suis venu prendre la température rectorale.

Du menton, elle désigne les chaises alignées le long du mur d'en face, en bois plus rébarbatif que sa barbaque de virago à fibrome. Le cul sur l'incommode siège à troutrous, il a tout le temps de supputer : à fibrome, ou à moustache, la pute ? Quelle pitié, virago ! Dans son dos, un tableau d'affichage où des notes de service jamais lues achèvent de jaunir désespérément accrochées à leurs punaises. Tout autour du bureau, des paquets de cours ronéotés s'empilent au petit bonheur (mais alors vraiment petit !). La porte à Mortimer s'ouvre, livrant passage au susdit rayonnant. Il chante une tout autre chanson. Je me méfie du pédant faux-cul. Comment allez-vous merci et vous bien et vous... et donnez-vous la peine d'entrer.

Les yeux de l'académiurge furètent dans toutes les directions, pas moyen de le coincer une seconde. On dirait qu'il suit une mouche, ou qu'il louche, ou... les parents s'asseyent dans l'attente de la mauvaise nouvelle. Les mains doctorales tripotent sans cesse, tournent et retournent un crayon, le posent pour le reprendre, confectionnent une cocotte avec le buvard vert du sous-main. Il se décide à prendre la parole :

— Selon toute apparence, des faits nouveaux sont intervenus depuis notre rencontre (et je pèse mes mots) de l'autre jour. Hum hum, le cas de notre petit ami doit, semble-t-il, être envisagé à la lumière d'éléments qui n'ont été portés à notre connaissance que...

Tari, l'éloquent. S'il s'emberlificotait encore une seconde, un loup de mer aurait pas pu défaire les nœuds. Cordial comme un blizzard, il tend une lettre.

LE CLOWN

Hôpital de la Conception
Service de gynécologie et obstétrique
Le chef de service
Professeur agrégé Guiliguili

Raclures,
paraît que vous biglez du côté à Rofo le clown. Que les services du Vieux de l'Édification Nationale ont décidé une saloperie d'enquête sur ce lardon pour savoir quoi ou qu'est-ce. J'entrave que dalle à vos salades. Veux rien connaître à vos micmacs. Et toi surtout, le Mortimer Benedictine, gaffe à tes ratiches si t'y tiens. D'ici qu'elles se fassent enfoncer par un quinze-tonnes, y a pas lerche. Faudrait voir à chanstiquer fissa d'attitude. Le comportement marlou au sorbonnagre, nous autres ça nous défrise. Et la guerre des gangs est pas loin. Bref, si vous êtes pas amateurs de boutonnières à l'eustache, faudrait voir à cloquer le marrant mouflet dans une turne adéquate. C'est pas compliqué, à l'ordre, on a décidé que s'il était pas à l'école avec les autres pour la prochaine rentrée, on défouraille. Et gourez-vous que si on y va du bistouri, on fera la grève à la suture. A Pétaouchnoque vous irez vous faire recoudre, en traînant vos boyaux dans une valoche, bande de nases !

Avec lequel j'ai l'honneur d'être, votre bien dévoué de toute ma considération la plus haute,

[signature]

Ernest Bienvenu Guiliguili
Prof agr. Chef de service

— C'est le ton un peu sec de cette missive qui me tracasse, opine le Mortimer. J'y entrevois quelque chose de menaçant, derrière les formules administratives, la langue de bois a de ces échardes qui blessent. J'ai donc l'honneur de vous informer que j'ai aussitôt émis une directive à l'attention de l'école primaire de votre quartier qui comporte une section maternelle. Rofo y sera admis pour une période d'essai d'un mois environ. Essayez de comprendre ma position et, autant dans votre intérêt que dans celui de tout le monde, mettez ça dans votre poche et votre mouchoir par-dessus.

Ils ont repris la voiture et roulé en silence jusqu'à la maison. Ils ont tripatouillé cette saloperie de serrure, vraie pêne à jouir qui joue à jamais jouer. Ni bobinette ni chevillette, rien cherra ! Enfoncé le poussoir au carillon. Bing bong bing ! Nul mouvement, silence au plus profond. La baraque refermée sur elle-même comme un œuf. Il aura réussi, tu crois, à la noyer dans l'eau de Seltz ? Qu'est-ce qu'on va dire aux journaux ? A tout hasard, la clé dans la serrure encore une fois, et justement. Ça marche !

Ils entrent au salon dans un hurlement pas croyable de la stéréo. Le temps de se précipiter au bouton, ils en sont déjà assourdis, tourneboulés. Certainement un disque plus compact qu'un autre. Rarement j'en ai entendu des si belles ! Un silence très plat s'installe qu'ils griffent de leurs appels anxieux. Rosa ! Rosa ! Mademoiselle Penthaligon ! A la parfin, Rosa et Rofo, Rofo et Rosa, flottant comme un parfum dans l'escalier, s'apportent gracieusement depuis la chambre à coucher, main dans la main, sueur en crue du Nil — le débarquement de baby-Cythère.

— Désolée, on vous entendait pas, on jouait au cirque dans la chambre, votre chambre. J'espère que ça ne vous dérange pas. Rofo faisait le dompteur, moi le lion... enfin, la lionne, on faisait semblant.

C'est papa du coup qui devient fauve, grince des dents devant la fauvette.

— Non, c'est intolérable. Qu'est-ce que c'est que ce cirque ? Des jeux, oui, pas du cirque. Comprenez-moi ! Les difficultés, déjà, astronomiques, mon foyer un vrai jardin d'acclimatation, tant de peine pour l'empêcher de régresser à son habitat naturel, et vous... ! Vous savez ce qu'on dit : on peut sortir le singe de la jungle, jamais la jungle du singe... il revient au galop !

Elle hausse ses adorables épaules, la Rosa Penthaligon, la sueur lui sied. Même, elle étincelle. Rofo l'aurait-il fait reluire ?

— Vous m'en voyez navrée, je trouvais ça tout naturel.

De sa démarche plus qu'aérienne, elle gagne la stéréo, en extrait son album, qu'elle glisse dans une poche, puis va récupérer, dans la chambre à coucher, un pistolet et un chat à neuf queues.

— Regarde, dit maman. Un pistolet à eau. Par rapport à l'eau de Seltz... peut-être qu'elle lui fait faire des progrès. C'est déjà moins dangereux.

— Simples accessoires, expose Rosa. Pour intéresser la partie.

Et ce disant, elle va au magnétoscope et lui fait recracher une cassette.

— Élément essentiel de ma méthode. J'en suis assez fière : une vidéo sado-maso, les tout-petits en sont friands.

La frite à ton père s'effrite... il en bée... bégaie à tout va.

— Mais, mais... mais c'est un vrai fouet ! Vous êtes inconsciente, mademoiselle. On peut se blesser avec ces machins-là. Pensez un peu si quelqu'un l'avalait !

— Quoi, les neuf queues ?

Elle lui vrille un regard en moustache de tigre.

— Ma méthode est strictement réservée aux enfants. Je suis étonnée de voir l'effet qu'elle semble produire sur un adulte.

La voilà rose, l'osée Rosa, un peu fâchée. Elle va décrocher sa courte jaquette bleue au perroquet, se trémousse… tortille… trousse pour l'endosser. Le chandail blanc cache plus rien, ce qu'il moulait se démoule, papa tricote dans la semoule… n'en perd pas une miette, s'effare de découvrir les marques rouges sur l'appétissante.

— Vous êtes sûre que vous allez bien ?
— Mais oui ! A vrai dire, je me suis rarement sentie mieux.

Elle en a un drôle de sourire, cte greluche… sachons fermer les yeux, on va pas en chier une cabine de douche. Après tout, ça la regarde. D'ailleurs, ils forcent le respect, ceux qui comme elle savent encore atteindre les suées dans ce monde en glaciation… baste, voici vos sous.

— Oh, non, non, merci. Je ne veux pas de votre argent. Ça valait le coup. Je veux dire, j'adore votre fils. J'aimerais beaucoup revenir. Quand vous voudrez, faites-moi signe.

Ta mère a déjà foncé à la corvée, retrouvé la serpillière. Ton père fourgonne çà et là. Toi, t'as remis ta drôle de tête à la fenêtre… Regardes-tu s'éloigner ta lionne ? Qu'ils ruminent, tes deux ancêtres, une qui l'est même pas vraiment, les événements de la journée. Toi, avec tes deux battoirs, tes deux bateaux à fond plat sur le Mississippi du carrelage, tu te propulses jusqu'au port de l'évier, tu grimpes au tuyau et

ROFO

tu t'accotes à quai... t'accostes au rêve. Est-ce qu'on rêve quand on n'a pas de cerveau ? Et t'as t'y l'un ou l'autre ? Qui le dira ? En tout cas, quand la couturière navrée des pantalonnades vient rincer deux assiettes, tu te réveilles même pas, Rofo.

7

Rofo, Rofo le clown, plus matutinal que le cri des oiseaux, s'éveille ce lundi matin et se laisse glisser à bas de l'évier. Bref Lancelot qui se prépare pour la joute. Passe dans la chambre voir maman... encore au lit. Oh là là, que d'amours splendides elle a rêvées, mais troublées, quand l'oiseau bleu a pris sa plus belle plume pour lui torcher des manchettes cataclysmiques : Scandale au jardin d'enfants, le clown à l'école casse tout, le recteur crie casse-cou ! Il fait froid dehors à ce qu'on dirait, mais tu crains rien, t'as ton écharpe — un détour par les chiottes, cinq mètres de violette puante... et tu veux ton cartable. Tu t'harnaches, la marâtre se passera de tartines... non, elle radine. Elle s'est levée, a enfilé ses mules et, subtile, substitue une gibecière de carton bouilli au grille-pain et aux cravates. Sitôt fait, la v'là repagée, repelotonnée... elle ronfle, carrément. Où qu'c'est l'école ?

De l'autre côté de la porte en tout cas. Honk ! honk ! Si t'as un cerveau — rien n'est moins sûr, mais qu'est-ce qu'on en sait ? Un encéphale, même falot, un cortex écourté, et pour la dure-mère, t'es servi, c'est ta vie, tu sais ce qu'elle vaut la fée Membrane — sous ton chapeau, sous ta fleur, le terreau qu'elle pousse, ses racines circonvolues, c'est pas des paupiettes de veau Esprit, es-tu là ? Un coup pour oui, deux coups pour non ! Honk ! honk ! honk ! Tu changeras jamais, Rofo. T'es pas là pour le moment. Mais après le signal sonore, c'est comme si on t'avait laissé un message : tu sors. Tu traverses la pelouse — c'est-y une pelouse ? On la voit plus. Elle est toute blanche, elle va jusqu'au bout du monde... s'étend à l'horizon, et le crouïc-crouïc, c'était donc de là qu'y venait ? T'en aperçois-tu ? Faut dire qu'avec tes panards à toi il est maousse. Un doigt mouillé de salive sur une vitre. T'as fait quand même le salut marrant et double éternuement avec départ en fusée, avant de sortir du jardin...

Dernier roitelet de Thulé sur tes espèces d'encombrantes raquettes, t'as fait ta trace sur celles des autres, des tas de petites personnes en théories qui convergent. T'es plus au carreau. T'es l'amateur de cyprins qu'a sauté dans l'aquarium. T'es dedans. C'est-à-dire que t'es dehors. Mais t'as beau... t'es pas avec... c'est pas tes semblables... Tout ça va vers l'école... huit cents mètres à vol de corbeau... gros oiseau tout seul qui fait croa pas cui et troue de noir la pluie de confettis blancs, avalanche de phalènes vite défunts qui s'accumulent en jonchées de cadavres façon linceul... mites entre deux tapis, un gris pisseux, un tout blanc.

 T'es arrivé devant la grosse porte en chêne. Ça piaillait sec. Y z'étaient là, tous, luttant manchots contre le gel à tournicoter en foule, que ça soye pas toujours les mêmes à l'extérieur, le bide mordu de bise féroce... par en dedans au contraire c'est chaud comme un duvet, à couver un œuf, à faire éclore des ribambelles de petites amitiés qui se dandineraient comme des canards — Eh ben moi ma mère... Ouah l'autre! C'est même pas vrai. Si, c'est vrai! Et les échanges de billes, de caramels, de roudoudous dans des coquilles... des trucs de gosses, vachement sérieux, encore plus intimes que d'habitude avec la neige qu'étouffe tout, et qui promet des batailles... Pasque quoi? Pasque.

La cloche a sonné pour la première reprise, le chêne de la porte est devenu un trou noir. Mille petits boxeurs et boxeuses se sont précipités au gong, un torrent d'enfants, une inondation qu'a envahi tous les couloirs, avec des retenues, des grosses flaques autour des portes... Toi tu serrais des mains, tu serrais des mains, tu serrais des mains. La rigolade c'est ton avoine, ton picotin plus préféré, mini-cheval de cirque, et tu les voyais tous hilares, c'était du nanan, la contagion sympa, est-ce qu'il essayaient de t'imiter ? A ton sourire en quart de lune, les tronches se fendaient unanimes, c'était bon signe. Ça pouvait pas durer toujours. Elle est arrivée, Mlle Braga-Tablat. Évadée du zoo ? Où qu'est sa cage ? Bonjour mes enfants, je suis Mlle Braga-Tablat. C'est pour ça qu'elle a un vilain nez. Gros malin. On va bien s'amuser ensemble. Elle est pas un peu vioque pour la maternelle ? Je suis votre maîtresse. Ah, bon ! Arrête de me pincer. Pour commencer, mes enfants, nous allons accrocher nos affaires. Je vais vous montrer le vestiaire. Dans cette belle école, à côté de chaque salle, il y a un endroit pour accrocher ses affaires. Comment appelle-t-on l'endroit où on accroche ses affaires ? Moi je m'ai accroché à un clou, j'ai déchiré mon blouson, ma mère elle m'a engueulé. J'écoute. On lève la main pour parler. J'croyais qu'on ouvrait la bouche. Un accrochoir. Un papa. Un porte-manteau. Un crochet. Chais pas. Un vestiaire ! qu'elle est con elle l'a dit elle-même. M'dame, m'dame ! un vestiaire, c'est pour accrocher les vestes. Ça suffit. Nous avons un endroit pour les paletots, un endroit pour les caoutchoucs, quand il neige, un endroit pour les chapeaux. Personne a de chapeau ! c'est des bonnets, des passe-montagne, des casquettes, ah, ce qu'elle est bête ! On enlève toujours son chapeau avant d'entrer en classe. C'est ce qu'on appelle la politesse. Qui peut me dire ce qu'on appelle la politesse ? C'est quand on a un chapeau pour l'enlever. Ceux qu'ont pas de chapeau, c'est des malpolis. Comment t'appelles-tu mon bonhomme ?

Il a dit qu'il s'appelait hippopotame. C'était même pas vrai. Il a été puni. Puni ça veut dire qu'on a pas le droit de s'amuser avec Mlle Braga-Tablat. C'est bien d'être puni parce qu'elle est moche et qu'elle sent mauvais. La prochaine fois je dirai que je m'appelle hippopotame. Rofo aux anges dans la bousculade. Plus de carreau, plus d'un seul côté les rieurs mais tout autour, plus rien qu'arrête les poignées de doigts qu'on peut serrer. Pendant qu'on déboutonne à plus finir, qu'on ôte ses moufles, qu'on souffle sur ses mains gourdes, qu'on empile les caoutchoucs, qu'on entasse les bonnets dans les casiers, toi tu t'essayes au double saut périlleux arrière.

Mlle Braga-Tablat surveille les festivités, aide les fillettes dont les souliers ont tendance à partir en même temps que les caoutchoucs. C'est la rentrée, le jour où jamais de mettre les pendules à l'heure, pour un déroulement en mécanisme d'horlogerie, une pédagogie bien huilée. Moi maîtresse. Vous sales mioches. Chiez pas dans la colle si vous voulez pas vous faire tirer les oreilles. Pour rien dire de l'expédition sans frais, colissimo, livraison immédiate, chez la directrice Mme Pentecôte. Qu'a les yeux jaunes et une haleine d'égout... croquematonne à épouvanter les voyous les plus pires. Alors filez doux et on rira ensemble. Mais ceux qui ruent dans les brancards, s'ils veulent faire les malins on sera deux et ça va payer.

Pour l'instant tout marche comme sur des roulettes, en dehors du trac, bien naturel chez les mouflets le jour de la générale. Y a pas à se plaindre. Satisfaite elle est, de sa troupe qu'a ôté ses caoutchoucs sans trop de chaos... empilé ses paletots, mis en tas ses moufles et ses couvre-chef... Mais que vois-je ? Ce drôle de mecton haut comme trois pommes s'essaierait-il à la rébellion ? Elle peut pas savoir que t'es né coiffé. Qu'est-ce que j'ai dit ? Pas de chapeau en classe. Et un chapeau, pour le coup, c'en est un vrai de vrai, l'unique. Mes enfants ! Que voyons-nous ici ? Voilà un garçon qui ignore la politesse. Il reste couvert en classe. Môssieur croit nous faire rire avec une rose sur la tête ? Rira bien qui rira le dernier (là, elle sait pas à quoi elle s'expose). Mlle Braga-Tablat se jette brusquement sur toi... tire sur ton chapeau... qui bouge évidemment pas. Pour une surprise... Allons-y à deux mains. Et d'agripper le rebord, et de tirer, han ! rude effort... ton crâne suit... ta trombine, déjà peu ordinaire, s'étire au-delà de toute expression, on la dirait reflétée par une de ces glaces de foires qui vous font la dégaine en concombre. Tout le monde rigole, maintenant. La Braga-Tablat t'enfourche les épaules et fait oh... la classe se gondole et fait hisse ! Toute rouge et l'aisselle en flotte, elle finit par dire pouce la maîtresse. Elle va se caler les hernies contre un mur et se lance dans une nouvelle leçon de choses amusante. Eh bien oui, mes enfants, tout le monde n'est pas fait pareil, et ça n'est pas parce qu'il y en a qui sont encore moins pareils que les autres qu'il faudrait en faire des persécutés... il est très bien ce petit clown. Nous avons découvert — non, le mot est malheureux — nous avons appris que le chapeau fait partie intégrante de la tête de notre petit camarade. Quelle joie d'être le condisciple d'un être d'exception !

Les chiards, y s'y retrouvent pas. Comment croire à des règles où qu'y a qu'des exceptions — c'est pas de jeu. On va tous remettre nos galures. Pas de ça Lisette. Faites ce qu'on vous dit et tout ira bien. Soyons pratiques. Mes enfants, il y a des choses que les enfants ne comprennent pas. Les adultes sont là pour ça. L'incident est clos.

Nous allons faire connaissance avec notre salle de classe. Tu parles ! Quinze ans qu'elle répète ça, quinze ans qu'elle enseigne (on comprend qu'elle insiste sur la permanence de ses règles). Y z'ont bien repeint deux ou trois fois dans le laps. Un vert qu'est censé être bon pour les nerfs, en deux parties, plus dégueulasse vers le bas. Et pendant qu'elle moisit comme ça jusqu'au tréfonds, les têtes blondes haïssables grandissent jamais. Chaque année elle retrouve le contingent kif-kif. Ça lui fait une drôle d'impression, comme un vertige qu'on a dans l'estomac quand on est dans un train qu'on croit qu'y roule alors que c'est les autres... des fois, dans les gares, ça arrive. Ça la vieillit plus vite, considérablement. Y a que leurs noms qui changent, et encore... on en a vite fait le tour et ça finit par revenir. Et pour un salaire de misère, que rien qu'à l'évoquer elle se sent plus pauvre. Avec combien d'années d'études ? On a la vocation ou pas.

Découvrons, découvrons ! J'apprends à nommer ce que je vois. Cette grosse bête, là, avec des dents noires et blanches, mais c'est Monsieur Piano ! Là où vous êtes assis, sur des bancs, on dit que ce sont des pupitres. Au fond, là-bas dans un coin, des jeux de construction, des balles, des tu-tut, des tchou-tchou, des crayons de couleur, des joujoux, et des cordes à sauter... sans poignées, pour n'éborgner personne. Y a même au mur, de l'an dernier, un portrait aux crayons de couleur de Charlemagne, sous lequel une légende a été fixée avec trois punaises : Mon chien Médor.

LE CLOWN

Maintenant, bien en ordre, sans faire trop de bruit, toute la classe va venir s'asseoir par terre autour de Monsieur Piano et la maîtresse va lui taper sur les dents, les noires et les blanches, pour vous faire de la musique. Colchiques dans les prés fleurissent fleurissent, colchiques dans les prés c'est la fin de... il pleut il pleut bergère, rentre tes blancs.... pays de celui qui l'a fait... mon p'tit panier sous mon bras... Elle évite de justesse j'ai du bon tabac... cte bonne blague ! C'est qu'elle aime pianoter. Ça la console... elle oublie tout... s'envole... rajeunit presque. Elle passe à stormy ouaizeur... saute à la turque... le petit rien. A fur qu'elle éparpille les notes, la classe à mesure s'égrène... se répand. C'est l'âge de l'exploration. Monte là-dessus tu verras mon zizi... fais-moi voir ta zézette. Cracougnette et Bistouquet montent en bateau, la morale tombe à l'eau.

Elle est pas qu'un peu ringarde la maîtresse qu'on a touchée c't'année — remboursez ! Bientôt, il ne reste plus que Rofo le clown, tout seul près de Monsieur Piano. Les triceps flapis de Braga-Tablat ballottent à la brise mozartienne. Ta fleur suit le mouvement... t'as l'air à la noce, Rofo. Et justement elle attaque Figaro... mais s'il payait la vieille prétendante... elle s'arrêtera donc jamais ?

Soudain tout s'étouffe. Tous les yeux se braquent

à la porte... s'agrandissent... écarquillent. La directrice en personne vient d'entrer conduisant une dame imposante, coiffée d'une toque de renard — elle ignore la politesse ? — et menant par la main une fillette aux anglaises couleur de bouillon. La Braga-Tablat ping ding ding ping oh mon Dieu...! je ne vous avais pas vue entrer madame la directrice. Debout, mes enfants, debout. On se lève pour accueillir Mme la Directrice, on croise les bras, on fait silence. Qu'est-ce qu'on appelle la politesse ? Je leur jouais quelques airs sur Monsieur Piano. Elle-même s'est levée en tirant sur sa gaine. Cette saleté qu'arrête pas de remonter (pourquoi, toujours, ça la fait penser à la désertification, l'avancée du Sahara ?). Mais qui voyons-nous ici ? Bonjour petite Nadège. Madame Campistron... Elle renaude au renard, la Braga-Tablat. Pas qu'elle plaigne la bête écorchée, mais fourrure c'est flouze, fric, fortune, falbalas et compagnie. Elle dans cette serpillière à fleurs plus funèbre qu'un tas de chrysanthèmes ! Que déjà elle s'est saignée pour pouvoir s'offrir. Ciel ! Cachons ce fiel sous le miel.

— Mademoiselle Braga-Tablat, vous connaissez bien Nadège Campistron. Elle revient dans votre classe.

— Mais... Madame la Directrice, elle est en deuxième année. Ici, c'est la classe d'initiation.

— Croyez-vous que je l'aie oublié, mademoiselle Braga-Tablat ? Pensez-vous que l'administration soit confiée à des imbéciles ? Et puis elle s'empresse, surtout pas lui laisser le temps de parer la perfidie : Nadège n'a pu s'acclimater en deuxième année. Vous connaissez nos méthodes affinitaires. Elle fera sa deuxième année ici avec vous. Puis elle passera directement au cours élémentaire. Vous me suivez ?

— Bien sûr, bien sûr, madame la Directrice (salope ! une maîtresse, la soupçonner de ne pas suivre !).

C'est nulle part dans la ménagerie que Nadège elle s'acclimate, manifestement. Elle a fourré son nez et tout le bouillon frisé dans la soupière maternelle et tourne le dos à la classe.

— Mes enfants, je vous présente Nadège Campistron. On lui dit bonjour.

Silence des masses. Qui c'est celle-là ? Si on jouait plutôt à la balle ? Les yeux surtout, indécollables de cette dame qu'a une bête sur la tête.

— J'ai dit : on lui dit bonjour.

Coucou ! Qui c'est qui se cachait derrière Monsieur Piano ? Qui s'amène maintenant sous sa rose, petit trolleybus à la perche ? Rofo le clown ! Ministre plénipotentiaire des marmousets, propulsé sur ses panards géants, main tendue, tout sourire, et communicatif ! Pentecôte découvre son dentier en grille d'égout.

Mme Campistron étire sous l'adversaire à Ysengrin ses lèvres purpurines. Même Nadège, prise en traître, qui se retourne pour le regarder et se laisse saisir la main, baiser façon marquise... du coup ça intéresse, ça passionne. Tout le monde s'avoisine. A-t-il laissé des traces de peinture ? Faut qu'on voie. Et sa fleur, dans l'inclination, qui lui a chatouillé le museau... mais la menotte retombe lentement le long du petit corps, et c'est les sanglots... l'accès irrépressible, rythmant l'ululement en sirène d'incendie. Tragique hoquet secouant la pimpante jupette rose bonbon et les frisettes. C'est la course à tombeau ouvert vers la porte... la tambourinade des petits poings sur le vert dégueulasse qu'on a dit plus haut... le trépignement extrême des souliers vernis à élégante bride.

— Juste ciel, qu'est-ce qu'il lui prend !?

Les fausses dents de Mme Pentecôte rêvent d'évasion, accompagnent en crécelle, en crotales à l'antique, en solo de cuillers à l'irlandaise, l'énoncé directorial :

— Quelle idée ! Un pitre en classe ! Qui l'a introduit ? Qui lui a dit d'ainsi bondir ? Dissimulé derrière un Steinway, a-t-on jamais vu ça ? Il y aura enquête... sanction ! Clac-clac-clac.

— P...p...personne ne lui a rien dit. Il est sorti de lui-même de derrière Monsieur P...piano.

— C'est ça ! Une embuscade ! Il a agressé mon enfant ! Elle a redressé la tête, le corps courbé vers sa progéniture, la Campistron. Mais ses lèvres remuent à peine, on a compris : le renard est ventriloque. Cette vile créature a attaqué ma fille, avec préméditation ! Ça n'en restera pas là !

Pentecôte aux cent coups doit à tout prix reprendre les choses en main ! Et d'abord sa prothèse... son précieux appareil ! Du pouce, elle le renfourne... le maintient... tant pis qu'elle chuinte... plutôt proférer la bouillie qu'en bouffer ! condamnée... le reste de ses jours, par dure absence de ratiches.

— Ch'est intolérable. Chale goche ! Pernichieux vaurien. Chenapan. Qu'est-che que ch'est que che déguisement ? A quoi penchaient-ils tes parents ? Regarde chette petite fille, regarde ch'que tu as fait !

Et toi tu regardes, qu'est-ce que tu fais d'autre ? C'est du rire, que t'es client, par instinct, maître de la marrade. Pourquoi ces larmes ? Pourquoi le tas de bouclettes vautré contre la porte, la mère et le renard accroupis près de lui, cherchant prise... par quel bout ?

— Les autres, reculez ! Reculez ! Tous à vos places, c'est la Braga-Tablat bras écartés qui fait rempart.

— Nadège ma chérie. Ma chérie, Nadège, un renard se coule en tapinois sur la nuque et le long du dos d'une mère désespérée. Drôle de sourire fourré. Nadège ma chérie.

Rofo ne bouge plus. Mme Pentecôte se dirige vers le tas de mère, de renard et d'enfant pour ajouter sa colère à l'équipe pendant que Braga-Tablat fait le barrage routier autour des lieux de l'accident. Et nous tous, la classe, on regarde, pour répondre enfin à une question sérieuse, depuis le début de cette matinée interminablement futile : Est-ce qu'une petite fille peut pleurer à mort, se tuer de larmes pour de bon ?

C'est là que tu t'es réveillé ! Pleins feux ! Musique, maestro ! Oyez, voyez : de ma culotte, cent foulards... mille... toutes les couleurs ! Applaudissements. De mes mains entrouvertes, pfuit ! une colombe. Un œil fermé, mains et bras en fusil, pouce dressé, poum ! elle a disparu. Applaudissements. Voyez, oyez ! Rincez-vous l'œil les pas drôles, les pas clowns, les tous autour, assis, toujours à rien foutre, voyez ! Double saut périlleux arrière, réception parfaite, la fleur vibre même pas. Applaudissements. Tout, qu'y donne, le clown à l'école ! Oubliés Footite et Chocolat ! Effacés, Grock... les Fratellini... Zavatta. Rofo le clown est né comme ça. Tu prends du recul, boum ! sur les fesses, tu te précipites de l'avant, paf ! sur le nez. Honk ! honk ! D'un bond, sur le bureau à la maîtresse... sur les mains ! promenade tout autour, trois fois, à l'envers, à l'endroit. Sur une main... l'autre ! C'est des hourra ! frénétiques. T'accélères encore. Une... l'autre. Bravo, bravo !

Elle a freiné au milieu d'un sanglot, Nadège Campistron, net... on sait jamais, faut voir à pas manquer, si c'est drôle... La voilà qui sèche ses yeux, les petits poings plus meurtriers du tout, barbouillée, noire, en masque grec, fini les Atrides... elle zieute en malice le rigolo riquiqui. Qui conclut ! Saute du bureau, file en soleil... grande roue jusqu'au fond de la classe, pardessus les pupitres, planant sur les bravos, plus porté que mouette en risée. Et revient maintenant atterrir à son coude, rayonnant. Modeste. De sa manche, tirant une jonquille, elle est pour vous délicieuse petite mademoiselle. Mais que d'abord je l'hume : snif-snif... tarin rouge à la corolle. Qu'est-ce ? Splash, elle était pleine d'eau la jonquille en caoutchouc... m'éclabousse au pif ! Ça y est ! Elle éclate de rire, Nadège, et on croirait entendre piler dans une coupe d'or des morceaux de cristal comme écrivait un jules qu'a jamais servi de chapeau à personne. Et toc ! Voilà !

C'est gagné. Tu serres, Rofo le clown, la louche à ces dames, Braga-Tablat... Pentecôte... Campistron. Tout le plaisir était pour moi. Nul souci à se faire. Solide, oui. Sur qui on peut compter. Et revenez quand vous voudrez. Deux qui s'en vont, une qui retourne à Monsieur Piano, suivie cette fois de la classe entière, babillarde, heureuse, assise en rond, comme lapins en clairière.

Et puis sifflet. Trruït ! Fin d'intermède. Heure de la sieste. Dans les casiers, là-bas, au fond, des petits matelas. On les déroule on les dispose. L'heure venue de bercer vos fredaines du matin, de fermer les paupières, mectons. Trruït ! Un par matelas, l'hippopotame ! Siesta ! Ronflette obligatoire ou montée directe à la directrice avec rabotage des oreilles clac clac clac, lettre aux parents. Ceux qui veulent faire pipi c'est le moment. A propos, s'il y en a parmi vous qui se retiennent pas, des en eau, des pissaulit, Monsieur Rouleau est fait pour ça : découpez selon le pointillé une feuille de papier spécial pour protéger le matelas. Ici à l'école on dort sur le ventre. Pas de face à face indiscret ni de bavardages, ou gare. Très bien très bien. Au lit marin la puce a faim. J'ai dit, sur le ventre ici à l'école. Je ne m'étais pas fait comprendre ? L'un d'entre vous cause étranger ? Monsieur Clown a une dispense ? Un certificat médical ? Quand ses petits camarades comptent les moutons, Monsieur reste assis ? Couché, j'ai dit, sur le ventre ! Dodo. Ah, mais c'est grave ! Je vais devoir sévir. Monsieur veut retourner voir madame Pentecôte. Le vilain cherche noise. Va être servi. Ne m'obligez pas à faire un exemple.

Le galopin persiste, assis à la tête du matelas. Elle se décide, enjambe les dormeurs, gagne la couche au clown... double paillasse, le saisit au collet. Quoi ? Rrr rrr. L'animal ronfle. Endormi dès l'instant. Pelleteuse à clown, Braga-Tablat l'extirpe... le hisse... retourne... étend. Raide, le clampin, il fait le pont, ne repose que des pieds et du gros pif rouge... se soulève un tantinet à chaque respiration. Bon. Braga-Tablat retourne à sa chaire finir son livre. Les deux sont tristes...

Trruït ! debout là-dedans ! Basta siesta. C'est l'heure de la collation. Si vos parents ont lu les circulaires, vous devez avoir apporté un en-cas. C'est le moment de consommer. On n'aime pas ici les taches sur les matelas, attention aux jus de fruits ! C'est pas pour le teinturier que vos papamanman paient des impôts. C'est pour qu'on puisse enfin m'augmenter. Chut ! Motus. Ne dites pas que j'ai dit ça. C'est un secret entre nous. Cochon qui s'en dédit. Bouche cousue. Et si vous voulez partager, ne vous gênez pas. Puisque vous le demandez si gentiment moi j'aime surtout les oranges. C'est bon, les oranges. Plein de vitamine C. Je plaisante. Ne le répétez pas non plus. Un tuyau, que je vous donnais comme ça, pour avoir des bons points, facile... Dans chaque giron, paraît un sac en papier. Toute l'échelle sociale est représentée. Y en a des froissés, des tout neufs, y en a des luxueux aux armes d'une grande bijouterie, qui servent pour la première et la dernière fois à emballer des agrumes. Le voilà bien le petit déjeuner chez Tiffany.

Le grand silence des mangeoires s'est abattu sur la classe. Braga-Tablat salive dans l'air envahi d'odeurs. Elle rentrera seule à la fin du jour retrouver son réchaud encroûté à côté de la glacière, préparer le dîner pour un, en tête à tête avec sa tête. Hum, hum. Je mettrai ma nouvelle robe. Toute en soie rose à crevés que j'ai économisé des mois pour l'acheter. J'allumerai la bougie dans le bougeoir de cuivre, souvenir de Tolède, un voyage organisé. Rose, toute en soie. La première fois que je l'ai mise, j'ai dansé cendrillon au miroir ébréché dans le salon salle à manger chambre à coucher avec personne pour me voir. Oui, j'ai pleuré qu'un peu. Quinze ans dans l'Édification Nationale, sans compter les études, y a longtemps que j'attends plus. Nous autres les demoiselles, prudence ! On ne sort pas seules. Jamais je n'aurai la télé ou des boucles d'oreille, des gadgets à dissoudre la matière grise. Non, je me cultive, je lis des livres, je la garde grise. Comme il convient à une maîtresse d'école, toujours à la page, toujours au courant, se recycler en permanence… dans cette grande salle verte, mon horizon de pique-niqueurs à jamais m'en laisser une miette.

Rofo le clown aussi a son sac. Mais tu peux donc

rien faire comme tout le monde ? Voici une pomme, trois pêches, quatre oranges, du raisin, une pastèque, une goyave, vingt-sept bananes ! Applaudissements spontanés ! Bis ! bis ! La classe s'ameute autour du fruitier miraculeux. On patine dans le jus bien poisseux... on éclabousse aux murs... macule les fenêtres. Les pépins de pastèque ponctuent l'espace en suspension.

Trruït ! Très bien, on a fini, on se rassied. On remercie le bon Dieu pour toute cette manne. Et de pas avoir à nettoyer ces saletés, que le contribuable paye pour ça Mme Da Silva un salaire presque égal au mien. Non, non, vous serrerez la main du clown plus tard. Tous à vos places. Et si vous avez la colique en rentrant chez vous, vous saurez pourquoi. Pas d'autographes ! Jean-Jacques, range-moi ce flash. Ah c'est comme ça ! Apporte-le ici. Confisqué. Pour digérer, c'est l'heure du temps libre. En cette saison, la récréation a lieu en classe. Vous avez des balles, des jeux. Jouez. Je veux que tout le monde s'amuse.

De nouveau éparpillés aux quatre coins. On tire, on pousse, on bouscule. Donne, je te dis ! Je l'ai vu le premier. Par ici quelques grosses brutes ont pris le ballon de foot et ont formé cercle... autour de Rofo le clown, qui s'y colle involontaire. A côté, deux petits malins font tourner la corde à sauter pour la jolie Nadège. Que je te tourne, que je te tourne, que je te saute, que je te saute. Eh ben voilà, on y voit la culotte! C'est donc ça qu'elles portent par en dessous... et Rofo, bang! le ballon sur le nez. Bang! le menton. Le chapeau. L'oreille. Les genoux. Il sait encaisser, le clown. Il arrête pas de sourire! C'est le plus grand qu'a le ballon maintenant. Il tourne sur lui-même pour l'élan... plus vite, plus fort. Wouff! Rofo s'est baissé. Le ballon passe en canon, cueille Nadège à l'estomac par-dessus la corde, la jette par terre où elle explose en stridulations si atroces qu'à côté la première fois c'était rien.

Un nouveau cercle s'est formé. Braga-Tablat s'avance et le traverse... le porte-avions Pentecôte s'annonce en rade... va paraître d'une seconde à l'autre, les dents à l'ancre. Je lui colle ma démission. A moins que je n'arrive à calmer moi-même le bébé Campistron... l'hurleuse héritière. Là, là, doucement, là. Ne me fais pas mettre à la porte. Doucement. Areuareu, guiliguili, tout le tralala. Surgit Rofo le clown. T'as vite jaugé la situation. Pire, on l'a dit, que la première fois. C'est un volcan, cette Nadège Campistron. Elle martèle de ses poings toutes les surfaces disponibles, rugit des syllabes à cailler le sang. Une douve de larmes barre bientôt l'accès à la donzelle, s'accumule. Faut agir vite avant qu'y pondent les grenouilles. Un enfant crie appelez la police. Un autre, les pompiers. Les filles, c'est dur à contenter. Tous tes tours sont exclus. Reste un. Est-ce la roseur qui te revient de Rosa Penthaligon ? — illumination de tête ou tressaillement d'aine ? Le dompteur ! Les lions du cirque. La première fois que Rofo le clown a donné du plaisir à une porteuse de jupe. Et qu'était allongée, troussée, comme celle-ci... rugissait comme elle. Ah, ça vaut le coup d'essayer. Tu cours chercher la corde. Tu te dresses devant la Campistron. On murmure, on devrait pas être déçu, y va encore nous faire un de ses tours ! Tu vas la consoler. Tu vas lui faire plaisir. Tu lèves la main. La corde vole. Tu lui fouettes les reins de toutes tes forces.

Au bout du corridor, c'est aussi la récré. Chez les grands. Ceux du cours élémentaire. La différence entre une casserole et un pot de chambre ? Tu sais pas ? Ben je viendrai pas manger chez toi ! Pruneau cuit pruneau cru, pruneau cuit prune au cul ! ha ! ha ! C'est Toto y regarde par le trou de la serrure pendant que son père et sa mère y font... Dis donc, elle marche la télé chez toi ? Ben chez moi elle bouge pas elle est toujours sur la même table ! hi ! hi ! C'est la queue devant la fontaine. Chaque fois que tu te baisses pour boire — le robinet de cuivre drôle d'odeur un goût comme du pipi — chaque gorgée que t'avales, ça craint. Que le connard de derrière y te donne un grand coup pour te casser les dents. Chaque fois qu'on tire la chasse aux cabinets, le robinet s'étouffe, allez dire après ça que c'est pas l'eau des chiottes qui coule direct. C'est un complot des maîtresses et de la dirlote pour nous tuer. Éclats de rire dans les cabinets. Mlle Morvonez pousse la porte battante et entre à la hussarde. Dites donc, ce n'est pas un endroit pour rendre visite à ses amis ! On finit ce qu'on a à faire et on se dépêche ! Elle a dû les voir pisser, j'parie. C'est une vicieuse, Morvonez. T'as qu'à te mettre en face d'elle en classe, si tu me crois pas. Tu verras. Ouah, l'autre ! Eh, c'est pas ses poils, c'est des mouches !

Drôle d'endroit les chiottes de l'école. L'année dernière, y a eu un scandale... on n'a jamais bien su... moi, j'ai mon idée. Mais c'est des choses qu'y vaut mieux pas parler. En tout cas, y a une entreprise qu'est venue et y z'ont viré toutes les portes des espèces de compartiments à l'intérieur. Remarque, ça change pas grand-chose. Ça ressemblait à des volets d'une écurie, tu posais ton froc, t'avais sans arrêt la trouille qu'y en ait qui passent la tête au-dessus, et même en dessous. C'est Morvonez qu'était contente... elle mate. Total, t'as des mecs, depuis, y sont constipés, surtout des p'tits... tout rouges qu'elle pourrait les voir... les lorgner crotte au cul. Une école, sous ses grands airs, c'est qu'un bocal de vices qu'on dit jamais. Le vieux docteur poilu qui vient, chaque année, pour la visite médicale, sinon, pourquoi qu'y nous tripoterait comme ça toujours les couilles ? Encore heureux que les filles elles ayent pas les mêmes cabinets. Les leurs, c'est un endroit que si tu t'approches, t'es renvoyé aussitôt. Les maîtresses elles, elles chient pas, c'est comme ça qu'on les choisit. Les chiottes, y z'ont beau les repeindre, elles sont gribouillées comme un vieux cahier de brouillon... pire ! Et des trucs, franchement, je peux pas les répéter. Le bizarre, c'est que tout le monde lit mais personne écrit. Même sans porte, tu peux toujours zieuter dix ans, tu verras jamais personne... d'ailleurs c'est le renvoi immédiat. Tiens, Gus Brandt, l'hydrocéphale, il a beau être client fidèle, un vrai abonné, toujours la crampe au bide, acolyte de la colique, il en a jamais chopé un seul d'auteur à dégueulasseries... jamais ! Pas que ça l'intéresse particulièrement. S'il a des idées, dans sa grosse tête, c'est pas celles-là. C'est d'échapper à la bande à Riton Tovaric, qui l'occupe principal... l'obsède à vrai dire.

Gus Brandt... un type, y serait pas à l'école, on serait même pas sûr que c'est un enfant. Tout contrefait, un peu tordu, un peu bossu, un peu bancal, une tête énorme, des grolles comme des espèces de grosses chaussures de foot sans crampons, orthopédiques ça s'appelle, pasqu'il a les pieds beaux — c'est des choses qu'on comprend pas bien. Les pieds, on dit qu'y sont beaux justement quand y sont moches. Ça doit être ce que Morvonez appelle les pièges de la langue. Morvonez, c'est le bon Dieu qui l'a punie qu'elle s'appelle comme ça. Ça y apprendra à être si moche et si con. « Morvonèze », qu'elle insiste qu'on prononce. Ça trompe qui ? la vache !

Gus Brandt y dit qu'il a sept ans et déjà il a une espèce de moustache. Riton Tovaric il a gueulé en plein réfectoire qu'elle y a poussé pasqu'y se touche trop... que c'est pour ça qu'il est tout le temps aux chiottes. Brandt le branleur il l'appelle. Ses parents c'est des Yougos à Tovaric. Des gens sans pitié. Des Fourbocroates. Pendant la guerre, Riton, y dit que les Moustachis y z'arrachaient l'œil aux ennemis. Alors Gus Brandt, y balise...

Gus Brandt balisait... Quand on n'a pas connu sa mère, quand on a un père jamais là et plus souvent en taule qu'ailleurs, baliser, c'est vite une seconde nature. Il l'avait pourtant préparée sa rentrée. Deux jours qu'il mangeait plus rien. Avec l'idée, dans sa grosse tête, que si rien rentrait, rien sortirait. Pour monter la garde aux frontières, parer aux persécutions, repousser l'envahisseur Riton... et les autres, et les maîtresses et la dirlote, fallait pas de querelles intestines.

Pour être au créneau, l'accroupissement est pas propice. Mais c'était l'école qui le faisait chier, Gus. Il avait pas tenu plus d'une heure. La main se lève au bout du bras tendu, le signal de détresse si frénétique qu'on le croirait pendu au plafond, accroché au bout du fil de son angoisse, les doigts qui claquent, m'dame, m'dame — ça y est y a le retardé qui remet ça. C'est l'eau qu'il a dans le ciboulot qui lui tombe aux boyaux. Fallait prendre vos précautions avant. Mais m'dame... le dialogue qu'y connaît par cœur. C'est vraiment pressé ? C'est là qu'on rougit, que tous les yeux se braquent, pire en somme que chier dans son froc. L'aveu bien intime, le côlon prend la parole. Et l'intestin grêle des grêlons gros comme ça. C'qui voudrait vous jaillir par le bas, qu'a tant de mal à sortir par le haut. En un souffle, en confidence, oui, m'dame, c'est pressé. Parlez plus fort, je n'entends rien.

Deux fois déjà ce matin le rituel abject, l'abhorrée cérémonie, et ses pinceaux qui sont pas vraiment faits pour courir, dodelinant du caberlot géant sur la nuque frêle, les épaules étroites. Au moins, pendant les heures de cours (qui sont les plus longues) c'était plus tranquille, pas de guetteurs malveillants. Il avait le temps de penser... des idées comme des sales nourrissons qui malgré le bercement perpétuel veulent pas dormir, braillards teigneux dans sa grosse tête. Sa vieille est morte, son vieux s'est encore fait serrer, lui toujours aux chiottes — on est voué au trou, chez les Brandt. C'est de famille à ce qu'on dirait. Son vieux, y veut qu'y soit docteur. Étudie, Gus, mets-t-en dans le citron, y a la place. Moi si j'avais pu j'en serais pas là aujourd'hui. C'est des déclarations comme ça qui marquent quand l'orateur dégoise entre deux flics qui l'éloignent en bourrades pour lui offrir une suite à l'hôtel du chou rance. Ç'avait dû lui venir derrière les barreaux, à son vieux, l'obsession que son fils en soit — avocat; de sa perpétuelle escarmouche avec les forces de l'ordre — médecin... la réinsertion par fils interposé : pas à tortiller, profession libérale... rêve de libérable. Les rêves, c'est comme des grosses bulles de savon, ça tremble, irisé, indiscutable... jusqu'à ce que... plop! Gus avait repris le chemin de l'école. Autre que préparer seul ses repas, tenir le gourbi, pas changer d'adresse pour l'éventuel retour, c'était tout ce qu'il pouvait faire pour le vieux dans sa cage : pas lui saccager l'oiseau bleu. Le barreau, l'ordre, c'était des pays de l'autre côté de la barrière, mais fallait faire un bout de chemin, qu'est-ce que ça lui coûtait? Depuis le temps qu'il menait sa vie tout seul... Sur les murs des prisons, dans un interstice, le vent vidant sa besace pose parfois une ou deux graines, adventices au possible. C'est comme ça qu'on y voit trois brins d'herbe... ils s'accrochent, sans espoir de pelouse... c'était ça, Gus Brandt.

Il balisait, Gus Brandt, parce que là c'était la récré, les vingt minutes aux tortionnaires. Il avait beau s'être tapi dans la stalle la plus éloignée, tout au bout, dans l'ombre, qui remplace pas les portes, il avait beau s'efforcer à un silence difficile en la matière, perché aux gogues en échassier plus furtif que les piafs qui picorent dans la gueule des crocodiles, il savait qu'il s'envolerait pas et que le Riton Tovaric, en plus d'être nuisible, était champion à la course. Quand Morvonez était rentrée tancer les rieurs et mater un petit tout cagueux, y s'était cru sauvé. Mais la récré était pas finie... ni sa colique... et ça n'a pas loupé : ils sont venus pisser, toute la bande. Avec des gueulantes... des concours... le plus haut ! le plus loin ! Faut pas croire, y a un ordre à l'urinoir, pareil aux greffiers quand y bectent, le plus matou premier à l'auge. Les seconds couteaux se soulageaient encore que Riton, allégé, la vessie vide, l'esprit mauvais, s'est mis à explorer les stalles, une par une, en faisant durer le plaisir.

— Eh, les mecs, vous sentez pas comme une drôle d'odeur ? Y a un taré qui fouette sérieux. Je parie que je sais qui c'est. T'es là ? Il est pas là ! T'es là ? Pas dans celle-là non plus !

Où il en est Gus Brandt, c'est pas facile de s'arrêter net. Faut bien pourtant. Le voilà qui se jette au papier... vite, vite, se torche... tout tortillé, coincé en boudin, aux chevilles le jean, aux genoux le slip, et qui remonteront pas l'un sans l'autre, malgré qu'il tire... s'emmêle... extirpe ! Et c'est pas le tout... gagner la porte... à tous les coups les autres sont devant. En finissant de se reboutonner, il se précipite... nez à nez avec Riton... façon de parler, l'autre le dépasse d'une bonne tête.

— Alors le branleur, c'est toi qui tires jamais la chasse ? Qu'est-ce que tu bouffes pour schlinguer autant ? De la merde, je vois pas autre chose !

Gus, y répond pas, bien asphyxié de haine compacte... prudent quand même, vacillant sous l'invective, il retourne tirer la chasse. Mais c'est pas ces étrons-là qu'il voudrait noyer. Venez voir, que Riton rameute ses hommes de main, faut en finir une bonne fois avec le branleur. C'est lui qui dégueulasse tout. On voit que sa mère a pas eu le temps de lui apprendre la propreté. Et c'est pas son père où qu'il est... Dix chafouins qui s'esclaffent, graines de citoyens, serviles au dur, petits téléspectateurs à l'actualité bien saignante, non, c'est trop drôle, se tiennent les côtes, en redemandent.

— Pourquoi tu dis rien ? Réponds quand on te

cause, malpoli ! Si j'étais pas venu, tu filais en laissant dans l'état que j'aimerais pas trouver en entrant ! Allez, les gars, on va le saisir aux pattes et lui faire lécher la chose. Aie pas peur. Avec la tête que t'as, même si on te lâche, tu passeras pas !

Dans une école, y a des moments où même le bruit croise les bras et fait silence dans la lumière d'aquarium. C'est pas l'hosto, c'est pas l'église, c'est un peu des deux à la fois, avec le ripolin, les carrelages, et le grégorien des tables de multiplication. C'est pas la prison non plus, mais ça réverbère pareil... et c'est tout clandestin de s'y promener pendant les classes, quand y a personne aux corridors interminables. C'est fait pour les masses en clameur. Quand on est seul ça devient trop grand, quelle que soit l'heure on est en retard, on est puni, on reconnaît plus son chemin si familier, on fait, avec la tête, avec les yeux, en surprise, ce qu'on a toujours fait avec les pieds sans y penser. On est mouton perdu des transhumances, on est si nu sans son troupeau, on n'ose pas bêler tant ce serait fragile dans l'immensité...

Même la disproportionnée caboche en est écrasée, une noix et quatre allumettes qui trissent à contre-courant vers la sortie, infime galère que cent Pentecôte en escadre arrêteraient plus. A la cloche y s'est pas mis en rang, il a pas regagné sa classe, il a décidé que c'était fini, Gus Brandt. Docteur de la mouise, y sera. Ça le connaît. Diplômé de la zone, expert en ferrailles... récupération... survie ! Quand son vieux sortira du placard, puant l'antimite, dans son costard gris décroché du greffe dont les revers seront trop larges ou trop étroits, il saura lui expliquer. L'école y pouvait plus.

Dehors, sur le trottoir, malgré la neige qu'assourdissait tout, les bruits du monde étaient plus vrais. Un carrosse l'attendait. Il a reconnu la livrée des deux laquais accrochés à l'arrière. Il a sauté, pas bégueule, sur le marchepied, entre eux, au milieu. Celui de gauche a fait un curieux sifflement entre ses dents... celui de droite, une espèce de cri, guttural, inarticulé. La benne à ordures a redémarré en retournant sept fois dans sa grande bouche malaxeuse le contenu des poubelles de l'école, que les deux boueux venaient d'y vider.

— On n'est pas trop de trois, pour faire ce boulot. Je suis libre d'aujourd'hui. Un contrat qui a foiré dernière minute. Alors bénévole de l'hygiène publique, ça vous va ?

Pendant que le mastodonte repartait en patinant

sur la neige comme un hanneton dans la farine, Gus a senti que tout se remettait en place dans son bide. Il s'est lâché d'une main et s'est retourné pour voir s'éloigner sa misère... être bien sûr. Ah, dis donc! La porte s'était rouverte — on le coursait déjà? Mais non. Il a pas bien vu, pas tout compris Gus Brandt, y pouvait pas. C'était Pentecôte, Braga-Tablat... et l'appariteur qu'apparut, le mari à Da Silva, il portait un truc, il l'a balancé au trottoir, comme un remords de poubelle, une ordure de dernière minute qu'aurait raté de justesse le passage des éboueurs. C'était bizarre, pas très grand, comme en caoutchouc, avec plein de couleurs, sur fond blanc. C'est tombé en tas dans la neige. Y avait une fleur plantée dessus... La porte s'est refermée. Dans le fracas de la benne qui s'éloignait toujours, Gus a quand même entendu comme un drôle de bruit, honk! honk!... ça venait de l'objet qu'on aurait dit. Gus Brandt il a fait adieu à tout ça, un geste de la main, tchao et bon vent! Il emportait, gravé, le souvenir d'un sourire énorme sous une rose en plastique.

Et toi, petit sado-maso qu'attaquais les fillettes en père fouettard abominable, qu'il fallait expulser prophylactique... exorciser sans délai, as-tu vu le sémaphore d'amitié, l'as-tu pris pour toi, Rofo?

8

Rofo, cul dans la neige, Rofo chu, Rofo déchu... déçu ? Comprends-tu ? A la porte, le calamiteux pitre. Mais dépité ? Piteux ? Qui dira, qui saurait ? Dénoncé par l'une, exclu par l'autre, empoigné par un troisième... catapulté. Et l'épître, encore, aux tiens... subito! Madame, monsieur, j'ai le regret... désordre insupportable... inqualifiable agression... pas tolérer... toutes réserves... dommages et intérêts éventuels... banni à jamais de l'Édification Nationale... suites judiciaires... envisager ultérieurement... établissement spécialisé... ergothérapie, pis peut-être et puis : avec lequel, j'ai bien l'honneur... Pentecôte, directrice. Ç'allait râler salé assurément côté assureur. En fureur — à jamais remettre les pieds à la maison. Nul déguisement n'y suffirait... camouflet final du camouflage.

Mais toi, pour l'heure, Rofo, clown à toujours jusqu'à la fin des choses, tu souris. Au blanc manteau de la rue sens-tu même le froid qui t'envahit de tout ce sucre glace plus blanc que ton blanc ? De tout ce mal blanc, pas marri ? Faut bouger. Faut pas mourir. Rester en tas, tout mou. Ailleurs qu'au désert de farine, t'as des publics qui t'attendent. Mourir faut pas... dans un sourire... sans un soupir... pas t'assoupir, dodeliner, tout cassé, tout foutu, qu'est-ce qu'y t'ont fait ? Debout ! Oui, le voilà qui se soulève... mais retombe, et la neige aussi comme au signal, molle en son linge ensevelir le petit singe, l'enfant pas sage... Rofo ! T'es là ? Y a-t-il quelqu'un ? Non, y a personne. Dans la rue vide de midi, nul passant. T'a-t-il assommé Da Silva ? Quand même, cervelle ou pas, y aurait meurtre. Et les mites acharnées qu'ont remis ça, tombent au tapis, toi tapi dans la tombe. Attention ! C'est le sale hiver tapinois, feutré, furtif, qui veut t'effacer sans façons. T'es bientôt plus qu'un monticule, puis plus rien.

Heureusement, les rues sont pas que pour les hommes, même absents... on y voit d'autres vivants. Et dans ce coin d'école où la poubelle n'est pas chiche ni l'éboueur matinal, un oublié poilu a élu domicile, portant ses puces en ribambelle. Oui, c'est un clebs. Il est pas causant d'ordinaire, bien malin qui dira son histoire... et même son nom. Le chien s'annonce pas, c'est un fait. D'où l'invention des aboyeurs. Y en a des gros, des ptits, des longs, des courts, des très caudés et des anoures, des cultivés... dégénérés qu'on dit de race... vraiment forcés, élevés en serre, des gras, des mous, des de concierge, y en a des tas à sa mémère, y en a des mordeurs agressifs, des chiens barons pas forcément bas rouge, des chiens loufiats, cons comme leur maître, grogneurs aux ivrognes, auvergnats, bergers bougnats garde-sirops, des d'aveugles, bien dévoués, robots du feu vert... du feu rouge, ficelés comme un rosbif, y en a des teigneux, des poussifs, des méchants comme un chat tout en griffes. Y en a des dorés qu'on n'aime pas et puis des décavés qu'on aime. Et celui-là c'est un gentil. L'été on dirait qu'il est blanc mais dans la neige il a l'air jaune, et il a dû avoir des maîtres parce qu'il porte au cou un foulard en apache, un machin bleu, fané, qui pend un peu comme ses oreilles. Enfoncer dans la poudreuse jusqu'au ventre parce qu'on a les pattes pointues, lui, y trouve ça déconcertant. Vaguer là-dedans c'est un explouah. Or, par abandon des salopards et par nature, il est errant. C'est pas commode. Ce truc blanc qui tourbillonne, s'accroche au poil et tourne en eau, ça vous gerce les caoutchoucs et ça tue les odeurs — qui sont sa route. S'il veut manger, faut qu'il renifle et, là, ça vous brûle à la truffe. Dessus, y a plus rien. Mais dessous ? Faut creuser...

Justement là, l'inodore est moins net, le froid moins froid. Y a quelque chose ! Et si c'était un succulent relief ? Un aut'dog abandonné par un repu... dans du bon pain... gras, encore tiède. On peut rêver ! Et d'abord, oui : les chiens ça rêve ! Sinon, le nez bien enfoncé dans la carpette, les yeux fermés, pourquoi ça remuerait comme ça des fois les oreilles ? Pourquoi ça tremblerait des pattes et des moustaches... frissonnant tout du long comme une eau ? Grattons, grattons. Courage, fouissons. Ah mais dis donc, ça s'olfactive intéressant... pas comestible mais... vivant ! Y a tous les cadors dans un chien. Là, c'est le réveil au saint-bernard. Bientôt dégagé, la boule rouge — qu'est-ce que c'est que cet oiseau-là ? C'est complexe. L'odeur est d'homme, mais l'apparence ? Même pour un chien qu'est daltonien. Voyons de plus près. Les sourcils... ah, le retroussis du coin des babines... d'ordinaire c'est bon signe. Il est sympa, probable. Un coup de langue en jambon torchon, ça fait plaisir et ça réchauffe. Gaffe ! Il ouvre l'œil. Fini de laper, je jappe. Recule... sautille... tourne en rond ! T'es réveillé ? Tu veux jouer ? Le voilà qui sort une des drôles de pattes qu'ils ont et la porte à sa truffe. Honk ! honk ! Stupeur. Reculade de trois mètres,

LE CLOWN

d'un coup, la queue plaquée entre les pattes, le dos rond.

Plus cabot que toi, Rofo, y aurait-il ? Alors t'étais pas mort, pas blessé, pas atteint ? Dans un évier un peu grand, un peu froid, tu piquais seulement un roupillon ? En tout cas, te voilà debout. Et plantigrade ! Ce matin, pour aller vers l'école, t'avais qu'à suivre les moutards de la parade. Et quand y a personne tu t'éteins, tu t'étends, tu t'endors. Le taré qui t'a mis à la rue, manu militari, t'as pas mis à mal, mais au lit ! Et là, chic, au réveil, copain copain, un drôle de citoyen, petit comme toi, pas conforme. Passé la surprise, la frayeur de l'honk, le voilà qui revient frétillant... t'accoste au blair, rigolard, gouailleur, quoaillant, fait le faraud dans ses moustaches, inviteur en diable, prêt à tout donner le toutou. Y aurait des idées sous ton chapeau ? Pourquoi tu tombes à quatre pattes ? L'autre est tout dressé, délicat, l'ami donné lui amidonne les oreilles à ce qu'on dirait. Il vient vers toi, un peu de biais, un peu dansant. Tout le ballet exagéré par la mollesse de la piste. La piste ! Arrête ton cirque, Rofo le clown. Le spectacle doit continuer. L'autre te contourne... t'hume au cul savoir qui t'es. Atchou ! Bond de trois mètres dans les airs. Nouvelle reculade en catastrophe, aplatissement malgré le froid qui mouille au ventre, terré, terreur. Pas client des éternuements fusée l'animal. Succès nul. Le bide. Faut trouver mieux. Qu'a-t-il au cou ? Quoi le garrotte ? Ah oui, terrain connu. C'est moins facile à quatre pattes mais de ta manche, hop ! foulards noués en guirlandes de navire amiral, pas vilains les pavillons. Drôle d'être. Il applaudit avec la queue. Le revoici tout près. Tournicotant. Veut valser, l'autre chien ? Ça nous connaît, tournons. Il insiste à te respirer l'arrière-train. T'en fais autant, à ton tour lui reniflles au fion — pouvait rien en sortir de bon — lui le grivois, ça l'émoustille. Il a au bas du ventre, entre les pattes de derrière, une poche, un étui revolver, d'où surgit tout à coup son machin. Luisant, écarlate — rouge à voir plus loin que le bout de ton nez. Quel est ce nouveau jeu ? Le boute-en-train t'enfourche... sur le côté... par-devant... par-derrière ! danse des hanches en barman acharné au coquetèle. Point d'affaire : le clown est impénétrable.

Bien bien, n'insistons mie, le loustic se défile, ce sera quelque erreur de code, d'ailleurs il est bizarre, difficile à cerner. Déjà qu'il sent l'homme et se conduit canin mais décalé refusant les câlins, je constate qu'il porte sa queue sur la tête... et la remue quand il va bien. Tant pis, je rengaine. Peut-être qu'il a faim. C'est la fringale, cessons de folâtrer, les autres ont vidé les poubelles sans rien renverser ces rapiats.

Moi, j'ai la dent. C'est décidé, je l'associe à la saucisse, en route ! La chute de neige a cessé. Dans la rue plus déserte sous les cristaux accumulés, le corniaud au foulard bleu a pris le trot du loup des steppes et, truffe au ras, quête une aubaine. Rofo suit.

Devenu chien le clown imprévisible, sur quatre pattes, lui aussi. Le gros nez rouge, comme une boule de billard sur le velours délavé, semble rouler. Mais sent-il quelque chose ? Tous les vingt pas, quand le coton glacé lui obstrue les narines, atchou ! saute en l'air. L'autre s'arrête, museau pointu sur l'épaule, zieute un bon coup son nouveau compagnon. Est-ce ainsi qu'il aboie ? Atchou... ou si c'est honk ? Tant qu'il suit... Là tout au bout derrière l'école, un chantier de démolition. Le vieux corniaud connaît bien. Entre les gravats, les orties, l'herbe folle, subsiste la guitoune où les ouvriers cassaient la croûte. Une vieille porte dégondée sur deux parpaings, quelques loques. C'est souvent là qu'il dort en boule. Y a des rongeurs, mais un chien vaut mieux que tous les rats. Et celui qu'il coxe il le croque. Peste du goût musqué, vivent les protéines ! S'il couchait au trottoir c'est qu'il est sans logis. Faisons-lui les honneurs. Au bas de la palissade, un bout de planche arrachée fait un porche où s'accrochent aux échardes quelques touffes de poil jaune. Plouf ! il entre. Rofo l'imite. Derrière c'est blanc pareil, tout cerné de planches, à l'abri des surprises. Sitôt franchi son seuil, le vrai chien s'immobilise dressant la tête. Le faux prend la posture. Mais en fin de museau le premier a son radar, un capuchon de cuir grenu, troué de deux virgules, qui palpite et frémit tâtant l'air. Quelles nouvelles? Rien à manger, ou alors très loin, quelques traces parvenues de cuisines inaccessibles. Pas non plus de visites... rien. Si! Quelque part, une chienne attend, mais non ça se dissipe et dans la gorge monte un gémissement qui songe à la lune. Vite à l'angle, au coin du mur, lever la patte. Marquer l'événement de quelques gouttes d'or odorant, des fois qu'elle s'approche. Sait-on jamais. Et là encore, et puis ici. Tiens! Qu'est-ce? La truffe enquête... se plaque aux planches... descend, remonte, inspecte. La gorge gronde. Rofo qui s'affairait s'effare, se fige dans la posture pisseuse à la deuxième station. Autour du foulard bleu, le poil s'hérisse : un chat! Toujours le même! Il est passé là. Snif, snif, snif... ici, il a sauté jusqu'en haut de la palissade. Une sale capacité qu'ils ont... qu'on peut jamais les attraper. Mais baste! Il file à la cabane. A l'entrée, il se retourne. Rofo n'a pas bougé. Suis-moi! Puisqu'on n'a rien trouvé entrons. On sera au sec.

Comme ils n'ont pas dîné ils dorment. Tout mêlés dans un coin sur les chiffons, deux trois lambeaux de sacs de ciment, la litière habituelle au clabaudeur. Chien contre clown, peau contre poil, patte à pied, patte à bras, en bouquet, le nez dans leurs odeurs, le cœur dans la chaleur.

Le jour s'est taillé tout doucement pour pas les réveiller, mais la nuit plus maladroite a dû faire du bruit en tombant. Du tas tiède, une tête pointue a surgi. Deux oreilles se dressent, puis une fleur. Qu'est-ce qui se passe ? Où qu'on est ? Sous la rose, le grand sourire obligé, Rofo le clown, toujours content ? Mais cette fois, si c'était vrai ? Le faux chien se lève le premier, à quatre pattes, et s'éloigne un peu. Tu veux sortir, Rofo ? Mais l'autre fait son yoga... prend des poses... s'étire, en flexions, révérences, tête au sol, tête en l'air, s'ébroue, projette en explosion tout autour quelques poils, ses puces mortes. Rigolo, tout ça : le clown mime. As-tu besoin vraiment, Rofo, de te gratter derrière l'oreille avec ta pompe gigantesque ? C'est vrai que la vermine, ça voyage. Et sans douaniers. Liés déjà dans le sommeil, vous êtes devenus frères de sang par multiples transferts, va-et-vient des parasites. Le cœur d'un chien c'est très collant. Ça s'attache vite et bientôt ça fait corps. C'est leur nature. Un c'est moins que rien. Deux c'est mieux : ils sont pas complets tout seuls. Ça peut même devenir encombrant. Les cabots qu'abondent au bord des autoroutes, l'oreille coupée parfois à cause du tatouage, convaincraient les plus incrédules.

Dehors la nuit est plombée. Le chien clown et le chien chien filent côte à côte à croire qu'ils ont un but. Ni reniflettes ni petits pipis comme on poste une lettre. De temps en temps, sur la chaussée qui vire en boue, une voiture passe en chuintant... ses pneus crient caoutchouc... les éclaboussent. Ils vont. De réverbère en réverbère, sans s'arrêter dans la lumière qui pose ses assiettes jaunes sur la nappe grise, ménagère qui met le couvert pour le lendemain avant d'aller se coucher. C'est la sale saison, les rigueurs. Quand on n'a pas d'écuelle, faut s'aventurer. A l'extrême de son territoire, des endroits qu'il a même pas pissé, ou alors une fois, par hasard, une manière de no dog's land, il sait qu'y a un vrai trésor de poubelles, une armée, sur trois rangs. Il y est allé, assis en reine d'Angleterre, dans une de ces grosses machines noires qui passent en leur crachant dessus. Il a dû arriver entre-temps des trucs qu'il s'explique pas bien... Il s'est retrouvé tout seul, comme il en avait peur, le prévoyait, même, chaque fois que, l'oreille basse, tremblant de tout son corps, il sentait venir un orage de derrière l'horizon... C'est pas le moment. D'ailleurs un clown chasse l'autre.

Ah le festin! Le gueuleton mirobolant. Il s'était pa

trompé. Y a même pas eu besoin de renverser une poubelle. C'était jonché partout autour. Des bouts de viande… crue, cuite, des croûtons, des os… et des fruits pourris, des légumes, des odeurs de graisse un peu rance, des machins sucrés pas discernables, un affolement du nez et des papilles. A se vider de toute son eau en salive. C'est bien de manger en tête à tête, de pas être seul au restaurant. Et toi aussi, Rofo, t'étais à la fête. Mi-canin, mi-cannibale, clown mangeant un arlequin.

Rassasié plus vite que ton pote, t'est-il venu une nostalgie d'évier ? un désir de revoir maman ? Mais qui saura, et comment faire ? En tout cas, t'as commencé à t'éloigner doucement. Justement, ton copain rongeait un gros os. Il te guettait plus du coin de l'œil comme il avait fait tout le temps. Tout au plaisir rare, à sa panse. A quatre pattes, Rofo traverse la rue. Un besoin de renifler le mur d'en face ? D'y lever la jambe en clébard néophyte ? Un fourgon lent vient en maraude. S'arrête à hauteur de Rofo qu'a rien vu. Un gros type en descend. Puis par l'autre portière un autre. C'est le claquement qu'a alerté le rongeur d'os, l'a interrompu dans sa fête. Tout s'est passé très vite. Il a même pas jappé. Mais il a dû penser si fort, si déchirant, à son copain que les hommes de la fourrière allaient prendre, que tu t'es retourné Rofo, comme si on t'avait appelé. C'est ça, le cri du cœur ? Il s'est mis à cavaler dans la neige, dérapant, enfonçant, les pattes dans tous les sens, la langue en écharpe. Au milieu de la chaussée, la voiture qu'arrivait a même pas freiné. Le conducteur pensait qu'à tenir son volant pour déboîter à cause du fourgon sans partir en traîneau. D'abord le pare-choc... la roue avant... la roue arrière. Là, il a jappé qu'une fois. Un cri bref. Il était tout cassé à l'intérieur. Dans la dernière seconde de ses yeux vivants, il a vu le filet tomber sur toi, et le collier de fer au bout d'une perche. Il a dû croire que c'était ça qui le tuait. Pendant que son sang partait dans le buvard de neige et de boue, il a encore remué convulsif l'extrémité d'une patte et le bout de la queue. On n'en a pas parlé dans l'univers. Les satellites espion très puissants capteurs de toute image haute définition ont rien remarqué. Dans les journaux, chien écrasé, ça veut dire que c'est pas important.

Clic-clac. Le pêcheur de chien à la nasse et au lancer a refermé la porte du fourgon de fer. A l'intérieur, c'est des petites cages côte à côte. Toutes vides, sauf une. Le gros type est retourné s'asseoir sur le siège du passager. L'autre avait déjà repris place côté conducteur. Il a démarré en se marrant.

— Y a des gens, je t'assure ! Un numéro comme celui-là j'ai encore jamais vu. Les colliers de diamant, les petits manteaux d'angora pour chihuahua frileux, les rubans des pékinois, les chapeaux de pluie, les foulards, je croyais tout connaître. Les fringues à chiens comme je pourrais pas en payer à mes mômes ! Mais celui-ci c'est une grosse prise. Il est même maquillé. C'est simple : on dirait un clown.

Le second, il faisait oui de la tête, pas contrariant. Et hiérarchique : dans les fourgons de la fourrière, c'est le conducteur qu'est chef.

Et toi derrière, tout bringuebalé, à quoi tu pensais sous ta fleur ? Tu t'étais allongé à plat ventre, les jambes repliées, les mains étendues devant toi façon sphinx... t'avais donc décidé d'être chien pour de bon ? Et tout à coup... quel phénomène... maladie de peau ? piqûre de puce ? A ton masque de gouache, ce point bleu qui point, gonfle, s'allonge ovale... tatouage d'un chagrin ? C'est une larme. Ça partira plus.

Avec le mauvais temps, la circulation exécrable, les deux fourriers n'ont pas fait d'autre prise ce soir-là. Fatigués ils ont mis le cap au faubourg. Dans la cour en béton du petit camp des cabots perdus, entouré d'enclos bien propres et chauffé, ils ont garé leur véhicule. Ils t'ont enfermé seul, pas trop sûrs de ta race ni de tes intentions et méfiants des morsures. Les quatorze autres qui étaient là, les pas vraiment tes congénères, ont fait un raffut d'aboiements pour saluer le nouveau venu. Ça reniflait tous azimuts. Le chauffeur a grommelé quelques mots dans la langue bête que les hommes parlent aux chiens. Et son acolyte a crié : « Taisez vos gueules ! » Ils ont éteint toutes les lumières et ils sont partis.

Tu es allé te coucher dans la niche qu'il y a au fond de chaque enclos. Tu t'es endormi tout de suite, avec ta larme et ton sourire. Si tu rêvais, ça aurait fait une sacrée ronde, sous ta coupole à fleur : des pingouins écoliers, Pentecôte et Braga-Tablat, une grosse tête qui t'avait fait au revoir, à ce qu'on dirait, les gambades avec le poilu... seulement rêves-tu ? Dans la cour du refuge, en face de la porte mais à l'autre extrémité, il y a une maisonnette, on dirait celle des sept nains avec son gros bonnet de neige. C'est la chambre à gaz. Heureusement toi, le lendemain matin, ta mère est venue te chercher, avec une laisse, Rofo.

9

Rofo, Rofo le clown, réintégré dans ses foyers par sa mère accourue éplorée au coup de téléphone, a repris son poste au carreau. La larme neuve a fait jaser la pauvre femme qui guette en espoir tout changement. Devenait-il chien ? Deviendra-t-il homme ? Rentré, Rofo, t'as laissé dehors un morceau. Un souvenir qui tourne et retourne dans la grosse tête d'un petit bonhomme qui voyage en ville au cul des ordures — un sourire.

Il ne sait pas bien ce que c'est, Gus Brandt, qui l'obsède. Est-ce à voir au long des journées défiler sans cesse sous son nez dans le ventre giratoire du camion les détritus en cascade sans fin qui s'éparpillent qu'aurait contaminé du tournis ses pensées ? Ou si c'était qu'au fil du temps la tournée des éboueurs le ramène, caboteur des poubelles, fidèlement comme en un port, chaque jour devant l'école ? Sa mémoire lui fait manège. Au carrousel de son passé, passe et repasse en valse lente un sourire sous une fleur. Un vieux chapeau tout cabossé... un jouet cassé... un pantin en tas dans la neige. Il se raisonne. C'était un truc intéressant. Un clown, oui, je crois. Un robot japonais sans doute, que les chiards de la maternelle ont dû mettre en morceaux. Aurait fallu descendre, voir ça de plus près, le ramasser... rafistoler... trouver des piles. Qui sait — la télécommande ? Mais j'étais si pressé. Dommage. C'était sûrement la grosse affaire.

A rouler par la ville au derrière de la benne, Gus Brandt est devenu chineur sans s'échiner, a senti la vocation de la brocante. Les deux autres ça les arrange. Hisser les gros conteneurs de plastique jusqu'au crochet élévateur qui les renverse, Gus était pas assez costaud. Mais appuyer sur le bouton, veiller que rien se coince au ventre de la bête, siffler entre ses dents pour signaler au conducteur, ça, il pouvait. Mi-mascotte, mi-apprenti. Et sans salaire. Alors, normal qu'il se débrouille. On lui laissait le butin du rebut... le droit d'écrémer l'épandage. Ils étaient pas mauvais les bougres, faut le dire à leur décharge. On devient pas toujours ordure à les manipuler. Et le chauffeur, lui, devant, y voit rien, y s'en fout.

J'en aurais tiré gros... jusqu'à mille balles, peut-être. Mais y a autre chose. Ce sourire de loin, quand j'ai pris la décision... ça peut pas être un hasard... au moment précis... un signe. Il disait : copain. Après tout, je l'aurais gardé, tant pis pour la thune. Non, ça je peux pas dire ! Cracher sur les sous. Avec le vieux au placard, que je dois soutenir... écrire... et les colis ! Le prix du train pour aller le voir au trou qu'ils l'ont fourré. Presque deux cents bornes. L'autocar c'est pire. A s'arrêter partout plus qu'un tortillard. T'es pas arrivé que tu repars. D'un côté, ça m'arrange. Plus c'est court au parloir, moins y a de questions sur l'école. « Comment ça marche ? Fais tes devoirs, et ci... et tu me remercieras plus tard. Apprends tes leçons, et ça... » Mon vieux, même qu'il est pas en position, faut toujours qu'y joue les papa. Je le comprends mais des fois c'est dur.

Pendant ce temps-là les rues défilent, et la danse des détritus, et le temps passe. Une main refermée sur la barre, l'autre à tirer sur des cartons, à piquer du bout d'un cintre en fil de fer détordu, petit berger des moutons sales, le lent troupeau des choses jetées qui vont au crématoire, Gus apprend la philosophie. Boueux, c'est la vie : des tonnes à mettre à la voirie, mais on veut pas lâcher, on s'accroche, on reste au cul, à ballotter, on ouvre l'œil, des fois qu'il passerait une surprise... un petit vase, un brimborion récupérable.

Des morceaux d'existence à certains qu'ont fini là, qu'ont dérivé comme une écume. Épaves aux uns, rafiots des autres. On est des noyés qui s'agrippent... Surtout pas lâcher le camion, il est pas beau, mais y a rien d'autre. Le moindre machin négociable, il s'en empare, vite en poche si c'est petit, on verra plus tard. Et faut pas croire, y a des trouvailles. Une fois, un billet de cinquante balles, même pas défraîchi, juste taché d'un reste de pinard. Le tout c'est d'avoir l'œil — on dit l'œil, il en faudrait trois ! Un aux collègues qui déménagent, l'autre aux occases en trituration avant qu'elles soyent broyées par la gueule au dentier de fonte. Et le troisième aux maisons, au trottoir, aux jardins qui passent en courant avec leur pavois de lessives. Gaffer si j'aperçois le clown. Celui qui l'a récupéré le jettera peut-être un jour. C'est pas impossible. S'il avait fini aux poubelles, je l'aurais su, c'est forcé. C'est dans les courettes entrevues qu'il espère le plus. Y a toujours dans un coin des machins cassés en attente, des vieux vélos, une tondeuse, un fauteuil crevé, un lampadaire... Son regard s'y porte d'instinct, fouille... examine. A la pause de midi, au petit restau des habitudes, il en cause.

— Vous auriez pas vu un clown ? Un jouet abîmé, que quelqu'un aurait mis aux ordures ?

— Un clown, comment ça ?

S'agit d'être prudent. Pas refiler le tuyau, éveiller des convoitises, donner trop de détails. D'ailleurs, il en connaît guère. Non, l'air détaché :

— C'est un truc que j'ai aperçu. Mais je l'ai pas retrouvé dans la benne. Ça m'aurait intéressé parce que c'était rigolo, bien imité.

Mais quelle taille ? Et la matière ? Le fabricant ? Un jouet, vraiment ? L'a-t-il vu de près ? Peut-être un mannequin... un épouvantail. Souvent c'est trompeur. Moi les parcmètres, quand j'ai un rendez-vous, je les prends de loin pour des personnes qui m'attendent. Et attention, pas miro, dix dixièmes à chaque œil. Ça joue des tours.

— Moi des clowns, j'en connais. C'est des tirelires automatiques. Qu'est-ce qu'y vont pas inventer. T'appuies sur le nez, tu mets un billet, une pièce, la langue sort, les prend, avale, ah, c'est marrant. Mon môme en voulait un.

— Les tirelires c'est bien, ça leur apprend l'épargne.

— Non, une tirelire c'est petit. Moi, ce que je vous cause, c'était nettement plus grand. Haut comme ça.

— Une banque, alors ?

— Déconne pas. Y en a des mécaniques, à ressort, qu'on remonte avec une clé, y jouent du tambour.

— Mais non, gros malin, c'est des nounours et des lapins.

— Tu crois que je connais pas ? Tu me prends pour qui ? Y a aussi des clowns. J'assure. De mes yeux vus. Et d'autres, en chiffon, semelles de plomb, qui tournent autour d'une barre et se balancent. Une pichenette et ça s'arrête plus jamais, à cause du plomb.

Inutile, on n'a rien vu, on sait pas. Même la vieille serveuse à varices qu'a Gus à la bonne et lui refile toujours des parts maousses de dessert avec un clin d'œil qui lui plisse toute sa tronche affreuse peut rien lui dire. Elle connaît pas, ça la dépasse. Elle a autre chose à s'occuper. Des clowns à la poubelle ? Et puis quoi ? D'ailleurs, y ferait mieux de penser à son père — elle est au courant, la vioque, une faiblesse, comme une nostalgie de matouse, que Gus a eue, qu'il regrette.

— Mon père, y va très bien. Y sort bientôt.

S'il savait, Gus... D'abord en taule, bientôt ça veut rien dire. Y a le jour qu'on entre — bienvenue Gus Brandt ! (Oui, le père à Gus s'appelle comme lui, ou plutôt l'inverse.) Alors, on est de retour parmi nous ? On y prend goût au « trois étoiles ». On veut en tâter de la suite luxueuse bien calme sur le derrière avec vue sur la cour sommeil garanti. Môssieu veut-il nous confier ses bagages ? Et ce costume ! Très fatigué, ôtez, ôtez ! On va vous fournir le linge de la maison, la bure impec, et pour pas surmener môssieu, tant qu'il est à poil, perdons pas de temps : à quatre pattes, un doigt au cul... toussez! T'as égaré ton portefeuille? Planqué des limes, ou du pognon? Relève-toi. Enfile ça. Si môssieu veut bien me suivre. A propos, y a des messages. Môssieu était attendu. Son grand ami, le commissaire, il veut vous voir, vos affaires sont pas finies, un gros contrat. Il a téléphoné trois fois. Mais pour l'instant, hop, à la douche. Trop chaud? Trop froid? On a des problèmes de plomberie. Et maintenant par ici. Suivez le garçon d'ascenseur. Trois portes. Trois clés. Des coursives. L'assassinat des bruits et des odeurs. Qu'on croyait plus jamais sentir, entendre, toujours les mêmes... qui remontent à pas croire. Encore des portes, des à barreaux, des qui coulissent. Les cris du fer. Puis la cellule. Je suis chez moi. Le châlit, la tinette — le temps s'arrête. Y aura peut-être le jour qu'on sort...

Gus, y sait pas. C'est pas racontable. Y faut pas qu'y s'inquiète, mener sa barque à vue, guidé par les désastres d'un père à éclipses, c'est déjà coton. Le vieux veut pas y rajouter. Qu'il aille à l'école pour sortir de ce milieu de la marge où on est sûr de toujours tomber! Ce que j'ai sur la figure? Un bleu? Tu crois? Ah oui, je me suis cogné à la promenade. Non, non, c'est rien. Et de retour au cul de la benne. Roule, cabossé carrosse des rogatons à plus finir. En été, ça pue pas possible. En hiver, ça glisse et on caille. Quand les calendriers défilent parmi les tessons, les trognons, les vieux sacs, la jolie gueule à Marilyn, barbue de marc de café, les paysages de cinéma, le Grand Canyon au mur de la cuisine, c'est qu'une année finit et qu'une autre commence. Gus Brandt, guetteur au pont, il voit passer tout ça sur le fleuve aux ordures. Au cinquième passage des pin-up, du Fuji-Yama sous la neige et du zèbre des P et T, il a su qu'il avait douze ans.

Et toi, Rofo? Dix? Toujours à pas grandir! Les autres font leurs dents, surveillent des duvets dans la glace, apprennent à lire... mais Rofo le clown, alors, rien? Entre ses besognes, ta mère a toujours pas renoncé. Cette larme apparue n'est-ce pas la preuve que tu bouges, que t'évolues, que tu sens? Elle essaie de t'apprendre l'heure, tu casses la pendule. Elle laisse traîner des livres d'images, des faciles, pour les tout-petits, toi tu souris, et tu les bouffes, mâcheur de papier insatiable. Elle se torture le ciboulot, s'ingénie — rien à faire. Dormeur à l'évier, veilleur au carreau, tu persistes. Ah si, tout de même, depuis l'école, le pied au cul de Da Silva, t'as appris un nouveau tour. Mais déplorable. Un jour que l'assureur se penchait devant toi pour lacer son soulier, tu l'as tatané d'importance au derrière. Il a chu sur le nez. Honk! honk! Mais côté applaudissements macache! Une journée, y t'a bouclé au cagibi. T'as becté le tuyau de l'aspirateur. Et ta mère, qu'est-ce qu'elle a pris! Il la lâchait plus.

— Là t'as gagné! C'est tes histoires de l'envoyer à l'école! Tout ce qu'il a appris! Je crois que j'ai le nez cassé. Ça va me faire un coquard. Je peux même plus aller au bureau, jaune et bleu devant les clients! Je veux plus qu'y sorte, tu m'entends? Plus jamais! Derrière la vitre, le pitre! Et j'écris à l'autorité! Qu'on nous en débarrasse! D'ailleurs c'est pas mon fils! Y a eu substitution. Dans leurs usines à marmailles ça arrive tout le temps. Non, tais-toi, le cas est fréquent! Je sais ce que je cause!

— Et puis quoi, c'est pas sa fleur qu'a déchiré les organes à ma copine, peut-être? Tu dis qu'y ressemble assez à d'autres pour le confondre? C'est ta chute, t'as perdu la raison.

— Tais-toi enfin ou je t'assaisonne. C'est un vice que t'as, pas possible, t'es toujours à me contredire. Je le sais bien que c'est le mien, hélas! J'te disais seulement façon de dire... te faire apprécier l'argument. Y a pas à chier je veux qu'on nous le prenne. Qu'on le mette au service des tarés, à l'hôpital des enfants monstres.

Elle, si bonne, continue quand même. Aujourd'hui, passant outre aux imprécations du conjoint, elle t'a mené sur la pelouse, bien reverdie depuis que les mateurs en meute se sont découragés, mais couverte de feuilles mortes en cet automne. Tout aussitôt, tu fais tes cabrioles. Content d'être dehors à ce qu'on dirait. Mais elle saisit un râteau et te montre.

— Tu vois, Rofo ? C'est pour enlever les feuilles. C'est pas joli sur le gazon. Tiens ! Voilà les poubelles ! Ils passent bien tard aujourd'hui. Alors... je prends le râteau comme ça, bien par le manche, et je tire, un peu comme avec un balai.

Elle te le donne. Mais toi, honk ! honk ! t'écoutes plus rien. T'as couru jusqu'à la grille. T'as collé ton pif rouge entre les barreaux. Honk ! honk ! Le gros machin sale qui s'éloigne, collé derrière, y a la grosse tête, les gros souliers noirs. Et il t'a vu ! Et de nouveau, t'a fait au revoir.

— Non, mon chéri, ton papa veut pas que tu sortes. Je sais, je sais, mais t'es méchant aussi, faut dire, toujours à rien faire que des bourdes. Allez, viens. Faut rentrer. Déjà s'il te voit au jardin, j'en aurai pas fini des engueulades.

Gus a vu, lui aussi. Depuis le temps qu'il cherche... C'est bien le même, et complètement rénové. Qu'en font-ils, ces gens-là, des rupins ? Ils doivent avoir des mômes. Quel sourire ! Après tout, c'est moi qui l'ai vu le premier ! Il est à moi, y a pas à dire. On l'avait posé dans la rue, à la voirie, c'était à nous à le ramasser.

Il peut bien raisonner, le sourire lui a refait le coup : copain ! Il a failli sauter, malgré ses pompes en fer à repasser pas commodes. Mais il s'est ravisé à temps. Pas de hâte, finir la tournée, je retourne ce soir me rancarder.

Le soir même, il est au portail. Il sonne. La femme au râteau vient ouvrir.

— Tu veux quoi, mon petit bonhomme ?

Tout de suite y peut pas la sacquer. Qu'est-ce que c'est que ces façons de parler ? Mais faut pas contrarier l'indigène.

— Vous avez un clown ? Ça m'intéresserait. J'aimerais y jeter un coup d'œil. J'en ai perdu un pareil dans le temps. Jamais réussi à le retrouver. Alors, en voyant le vôtre...

— Je ne comprends pas. Qui es-tu, mon bonhomme ? Je n'ai besoin de rien. On t'a pas convoqué.

— J'ai pas dit ça. Je cause affaires. J'achète, je vends, je suis régulier. Si votre article m'intéresse...

— Allons, rentre chez toi. Ta maman va s'inquiéter.

— Ça risque pas. J'ai plus de mère.

— Pauvre petit, alors ton papa.

Décidément elle en rate pas une. Qui m'a flanqué une gerce comme ça ?

C'est sûr, le clown est pas à elle, puisqu'elle le planque. Elle a pas la conscience tranquille.

— Mon père est en voyage. Y fait des affaires comme moi. Je me débrouille tout seul. Alors pour rentrer vous inquiétez pas. Mais j'aurais voulu voir votre clown.

— Puisqu'on te dit qu'on n'en a pas.

— Je dis clown, peut-être je me trompe, une espèce de truc haut comme ça, avec un chapeau à fleur, peut-être un robot jardinier, je l'ai vu en passant tout à l'heure, dans la voiture de mes amis. J'insiste.

Pas besoin d'insister longtemps. Rofo qui dormait à l'évier s'est laissé glisser au tuyau pour venir se mettre à la fenêtre. Et qu'as-tu vu dans le jardin ? Sitôt te voilà qui rappliques, ta mère ayant laissé la porte ouverte, imprudente... la main tendue, les commissures éternellement aux oreilles, engageantes.

— Vous voyez bien, c'est lui.

— Mais, mon bonhomme, il y a erreur. Cet être-là c'est notre enfant, il n'est pas tout à fait comme les autres. C'est une situation difficile. Tu dois comprendre ça, toi. Mon mari prend très mal la chose. Rentrons, rentrons. Vous jouerez dedans.

Rofo repart en galipettes au perron, sa mère au train, l'hydrocéphale derrière eux, claudiquant queue-leu-leu.

Ils sont installés au salon. Gus dans un fauteuil où il s'enfonce. Rofo à la parade, en gala, sortant foulards, colombes ! Maman pas corrigée par l'expérience apporte une tarte. Gus déguste et Rofo croque l'assiette. De sa bouche en part de melon, voilà que sort un bruit de diesel. D'une main il s'accroche à la barre invisible, se tourne vers l'invité, pour de l'autre lui faire au revoir. C'est pas possible... cinq ans que je cherche. Et le voilà ! Ses yeux disent copain vraiment. Il me fait la scène de l'école. Il a tout compris, on est d'onde !

— Toi et moi, on sera copains si tu veux. Tu t'es fait jeter de l'école le jour où j'ai dit N-i-ni. C'est des signes qui trompent pas. La façon que je vis, j'aime pas m'attacher, c'est très passager, toujours en voyage, et d'aimer les gens, quelqu'un, quiconque, c'est des mouscailles à plus finir, mais toi c'est pas pareil. Tu mens pas. Un coup d'œil à maman, attendrie au seuil, qui couve en œil de poule le flirt à son poussin — il est muet, madame ? Elle fait oui de la tête. C'est bien ce que je disais. Tu veux un chouigne ? Toi t'accours, t'empares, enfournes la tablette avec le papier, avale tout. Pas comme ça, malheureux ! C'est un chouigne. Tu vas t'élastiquer les boyaux. C'est pour mâcher, regarde comme je fais. Et de mastiquer démonstratif. Madame, il se fait tard. Je dois regagner au faubourg. Je perche à dache. Croyez que c'est pas que je m'ennuie. Si vous permettez, demain c'est mon congé, je viendrai chercher votre fiston pour une promenade.

— Il s'appelle Rofo. C'est très gentil, mon petit... ?
— Monsieur Brandt, Gus.
— ... mon petit monsieur Brandt, Gus. Nous n'aimons pas qu'il sorte. C'est par trop l'enfant catastrophe. Mais tu as l'air bien sérieux. Il n'a pas de petits amis. Reviens demain. Nous verrons ça. Je vais consulter son papa, un brave homme bien soucieux. Rofo ? Viens dire au revoir à ton petit camarade.

Toi tu t'approches, radieux, main tendue, Gus en bonheur se penche... Merde ! Pourquoi tu lui balances comme ça ton poing en pleine figure, Rofo ?

10

Rofo n'a pas fermé l'œil. Toute la nuit, t'as tourné dans la maison, accroché à ta benne invisible. Ton père est pas rentré, ruminant des infanticides au pucier de sa secrétaire. Toi, tous les récipients t'étaient poubelle. Tu faisais ta tournée. La boîte à ouvrage, la corbeille à papier... tu versais tout au canapé ! jusqu'aux casseroles... restes de ragoût... panier de linge sale... Au réveil, ta mère était triste, elle comprenait pas, accablée devant la décharge. Fallait que tu tournes tout en cataclysme, clown cyclone, bien ravageur, obstiné à l'ouragan. Mais c'était pas le mauvais cheval. Quand Gus est arrivé, le salon était nickel.

Elle t'avait même préparé un costume tout neuf, rouge à gros pois blancs, pour l'inauguration des amitiés : résignée qu'elle était aux circonstances, à la chose de l'handicap, gratifiée du martyre... responsable. Dès qu'il est entré, t'as fait l'éternuement sauteur, trois fois, avec chute sur le derrière, puis t'as couru à lui, maquignon radieux, tope là, lui serrer la pogne. Mais il était un peu méfiant. Honk! honk!

Dans la rue qu'un soleil d'octobre dorait en artiste à la feuille, il t'a attaqué aussi sec :

— Tu sais j'aurais pas dû revenir. Pourquoi tu m'as tapé comme ça ? Des beignes j'en ai pris, et brutales, mais t'es petit, t'es jeune, et tu comprends pas. T'es né bizarre, ça nous rapproche. J'ai des tas d'idées dans la tronche — comme dit mon vieux, j'ai la place. Mais je les raconte pas aux personnes, pour pas leur donner barre sur moi. Toi, tu me branches. J'ai comme des envies de sauter le pas. Le tout-venant fait copain à l'école. Nous deux on s'est connus dehors et c'est des trucs qui s'oublient pas. Si tu veux, on est potes.

Rofo, tu l'écoutes ? On dirait pas. Là sur le trottoir à dix mètres, une dadame en fourrure se penche à rajuster le mignon collier à son bichon. Un clebs frêle... on dirait une chauve-souris qui tremblote d'avoir perdu ses ailerons. T'es trop tenté, t'as l'instinct. Honk! honk! Te voilà qui cours à la cible : clown appliqué, à fesses offertes jamais renâcle. Faut dire qu'elle s'attarde... te tend la croupe percheronne. Et vas-y donc, c'est pas ta mère ! Heurtée plein fion par ta pompe en raquette, la bourgeoise s'affale à l'asphalte. Sur son chien, pipistrelle ébahie qui glapit... devient crêpe! C'est des hurlements. Des au secours! au meurtre! à l'aide! Déjà les badauds, friands, se massent et salivent. Faut dégager sinon c'est cuit. Heureusement, Gus a le coup d'œil Napoléon. Remis d'émoi dans la seconde, il a jaugé la situation. Surtout qu'il se sait pas rapide. Mais rien ne sert... et la chanson. Il t'empoigne. Quand les bleus rappliquent à sirène, deux silhouettes déjà s'estompent... tournent un coin en Berezina. Gus et gugusse en débandade.

— T'es loufe ou quoi? Drôle de question j'ai la réponse. Je commence à voir clair dans ton jeu. T'es fier de toi? Moi si tu continues, je rentre, je te plante là. Avec mon vieux déjà en cabane, j'ai pas besoin des embêtements. Non, c'est vrai, je t'aime bien mais t'attiges. Je te tends la main, un coup au pif, je te balade, et c'est l'incident. A ce tarif-là, on sera pas copains très longtemps. Mais c'est vrai, j'aime ta binette, tu me reviens. Tu vois, déjà que je marche pas facile, avec mes nougats en chou-fleur et mes grolles de palmier en pot, ce qui me défrise c'est d'arquer tout seul. Rien que pour causer c'est la bannière, ou alors carrément tordu. On se ferait vite jeter chez les dingues, en veste avec les manches dans le dos. Et depuis que je tourne, j'ai à dire. Des choses que j'ai vues… que j'ai faites, gambergées derrière le camion. Y a des jours il faut que ça sorte. Alors, je parle à mon polochon. Quand je vais voir mon vieux, c'est pareil. Il s'intéresse qu'à mon école. Toi tu sais ce qu'il faut en penser, tu t'es fait jeter par le bignole. A propos — qu'est-ce que t'as donc fait ? Foutu une châtaigne à Braga-Tablat ? ton pied au cul à la dirlote ? On peut pas savoir, tu dis pas.

« Tiens ! Par ici j'ai mon trésor. Ma caisse d'épargne à moi. C'est très secret. Si tu veux, je te le montre. Chiche que je te le fais voir. Tu pourras rien dire à personne. Viens par là.

Leur retraite les a menés près d'un square… presque désert à cette heure-là. Une paire de mères tricoteuses… l'endroit, l'envers… caquètent en zieutant leurs deux mouflets au bac à sable. Rends-lui sa pelle ! Oh, le beau gâteau ! Mets pas ça dans ta bouche, c'est caca ! A l'autre bout, après les prunus, les thuyas, cerné d'une barrière baduc d'aucubas, le terrain d'aventures qu'un mal élu maire a mis là. Plastique et bois… un gros tuyau qui fait tunnel. Une grimpette en rondins. Deux tape-cul à tête de bourrin. Et un éléphant bleu et rouge qui trompe son ennui… sert à rien. Défense de les lui arracher, vandales ! Gus se glisse sous le ventre du pachyderme.

— Viens voir, y a juste la place. Un jour, quand

j'étais petit, une bande de teigneux m'a coursé. Y disaient que j'avais de l'eau dans la tête, on va lui couper la pastèque en tranches pour y compter les pépins, et des conneries comme ça. Je me suis planqué là. C'est la façon que j'ai découvert mon coffre. Regarde!

Avait-on prévu d'installer un jour la plomberie? D'électrifier l'animal? Sous son ventre rase-mottes, vers l'arrière, entre les deux pattes, une trappe de visite. Gus la fait prestement sauter, plonge dans l'ouverture le bras jusqu'au coude, tâte, extrait un petit sac, qu'il ouvre. Une par une il en tire les pièces de sa collection, qu'il pose à mesure sur sa poitrine creuse. Un petit revolver de manchon à crosse de nacre, le canon taché de rouille — Vise, c'est le cas de le dire, un flingue de dame. Et attention, j'ai les cartouches. Une copine à mon vieux l'avait laissé à la maison. On l'a jamais revue... de passage. Un dé à coudre — admire. C'est du merveille, un métal très précieux. Une boîte à musique en fer-blanc à manivelle — écoute, c'est joli. Y manque que trois notes... sur dix, ça fait la rue Michel. C'est au clair de la lune que ça joue, pas Lustucru. Question valeur je suis moins sûr, mais c'est sentimental. L'artiste biche. Un truc — ce zinzin-là, j'ai jamais su ce que c'était. J'en ai jamais vu d'autre. C'est donc unique. Le jour où je trouve le client qu'en a besoin je deviens monopole. Le prix que je veux, j'en tire. Mais faudrait faire de la réclame. J'y réfléchis. Un briquet — non c'est pas du jonc c'est du cuivre, mais valeur énorme. Le vrai modèle tempête, historique. T'allumes en plein vent. Si je trouve une mèche... une petite vis, il est comme neuf. Les collectionneurs de briquets, c'est les plus riches, j'en tirerai un vrai paquet.

— Et ça, regarde ! Une broche, tout en or avec des brillants. Des vrais, pas du toc, pas du strass... du diamant. Ça va chercher dans les carats. Je l'ai trouvée quand j'avais cinq ans. Au ruisseau. Devant la sortie d'un hôtel où descendent que des PDG et des gonzesses en fourrure. Ça brillait ! Je l'ai prise pour un miroir de poche et je l'ai ramassée en loucedé. Cette chose-là c'est mon assurance. Quand je suis dans les emmerdements, j'ai qu'à y penser ça me requinque, de le savoir là je me marre tout seul. C'est mieux qu'un compte en banque, et convertible à tout moment. Voilà, je remballe. Je t'ai tout montré. Je rebouche le cul au mammifère et je te ramène à tes parents. Puisqu'on est potes, j'ai une idée. La semaine prochaine, c'est la visite. Je t'emmène voir mon vieux au placard. Ah ! je te préviens, c'est l'excursion. Des plombes d'autocar. Mais mon vieux ça lui fera plaisir. C'est pas tous les jours qu'on voit un auguste en prison. Honk ! honk !

LE CLOWN

C'est un drôle de couvent où on met les moines de la mouise, des récurrents du pas convenable, des rebelles au vœu de pauvreté. Pour la chasteté on s'en charge. Ils étaient prévenus, qu'ils le restent en attendant d'être condamnés. Quand la barbaque est trop coriace, tout le secret c'est la cuisson. Les durs, pour bien les ramollir, on les mijote à petit feu, des années au jour le jour, quand ils en sortent ils sont en soupe. Y a plus qu'à les mettre à l'égout. Ici, le cloître est grillagé et dans le treillage les volts voltigent... par milliers. Gare au loustic qui veut franchir la moustiquaire, non content d'être en taule, y finirait galvanisé. Dans ses murailles en poupées russes, au 114 C, derrière le judas, la lourde épaisse, les verrous, Gus Brandt Senior est enchristé... à l'isolement... affaire en cours. Que le grand proc le croque.

— Quelles sont vos relations avec le professeur Guiliguili ?

— Jamais entendu causer.

— Alors, pourquoi a-t-on trouvé sur vous le numéro de téléphone de son service à l'hôpital et celui de son domicile personnel ?

— Aucune idée.

— Vous n'arrangez pas vos affaires. Mais je sais ce que c'est. Pudeur bien compréhensible. Vous préférez vous confier à un ami. Justement, le commissaire est ici. Entrez, entrez, cher commissaire. Tableau touchant ces retrouvailles. Je vous laisse. Une course urgente, je n'en ai pas pour longtemps. Amusez-vous bien tous les deux.

— C'est ça, je sens qu'on va se marrer. T'es d'humeur? Quand on perd son sens de l'humour, on perd la joie de vivre, t'es d'accord? J'ai dit t'es d'accord? T'es. D'accord? Alors, ris un peu. Ris. Voilà! Plus fort! J'ai dit plus fort. Après chaque question que je vais te poser, je veux que tu ries. Sinon on va rapidement s'ennuyer. Tiens, je te présente mes assistants. Ils sont très joueurs. Reprenons. Qui sont tes amis. J'ai dit qui. Sont. Debout. Qui. Ris. Relevez-le. Hahaha c'est bien. Reprenons. Qui sont. Tes. Parfait. Ris encore, Brandt. On s'amuse bien, on rit, mais on cause pas. Maintenant cause. Cause d'abord, ris ensuite. Tes rapports avec Guiliguili. Cause. J'ai dit cause. Ramassez-le, nom de Dieu. Tes. Rapports. Ramassez-le. Parfait, Brandt. Monsieur Brandt. Votre coopération aura été extrêmement utile à notre enquête. Eh là, attention, vous allez tacher ma cravate! Pas d'eau chaude, imbéciles, ça caille le sang. Faut l'enlever à l'eau froide. Vous avez jamais vu de boudin ? L'ennui avec les musclés comme toi c'est qu'ils n'ont rien dans le caberlot. Monsieur Brandt, si vous désirez encore vous épancher, nous sommes tout ouïe. Mais nous n'avons pas que des oreilles. Des poings, aussi. Et des bottins. Et pas seulement pour chercher des numéros de téléphone, mettez-vous bien ça dans la tête. M. le procureur ne va pas tarder. Si grâce à vous le parrain tombe, votre affaire peut s'arranger. Et ne vous en faites pas pour votre fils, on lui trouvera un autre protecteur.

Une longue bande d'asphalte gris mène jusqu'à la porte principale — langue de caméléon déroulée qui prend Gus et Rofo comme des mouches et les avale au greffe, où Gus présente un papier. Toi t'en profites, tu t'égares, te glisses entre deux barreaux. Tu pénètres au zoo. Dans les cages, ce sont des hommes. C'est la détention collective... l'aquarium au menu fretin. Pas de grands fauves, rien que des singes... assis, rêveurs, sur leur cul, en babouins. Tous les coxés pour pas grand-chose, récidivistes des fins de mois difficiles, vol à la tire, à la roulotte, casseurs de gueules, fouteurs de merde, scandales dans un bal, spécialistes du moins que rien, camés en manque de fixette... à la sauvette, à l'étalage, proies des vigiles, exploités d'huissiers, qu'ont sous leurs yeux dans des valises des papiers bleus, des expulsions, des cocufiages alcooliques, et moins de fleur qu'à ton chapeau, même en plastique. A toi Rofo, fais-leur ta danse, prodigue en galipettes, accoucheur de colombes... et foulards! Cascadeur étoile des sternutations sidérales. Aussitôt, les voici tous aux grilles, invectivant, braillant bravo. Mais déjà, les matons s'ameutent à matraques, traquant pour la mater l'émeute. Honk! honk! couine du nez!

114 C, une visite! Gus est allé seul au parloir. S'est assis sur le banc de bois. Un mur de brique à mi-hauteur. Derrière le guichet en treillage, un type qui me ressemble en plus vieux. Papa.

— J'ai amené quelqu'un pour te voir, mais j'y comprends rien il a disparu. C'est le genre à retarder l'entrée en scène pour mieux ménager ses effets. C'est son style. C'est un marrant. Je me suis dit qu'il te distrairait. Mais je sais plus où il est passé.

Gus le vieux tourne la tête, à gauche... à droite. Des dizaines d'autres guichets s'alignent peu aguichants, élevage industriel de pauvres poules à pondre leurs confidences intimes sous l'œil du monde.

— Tu vois, fiston, dans les mammouths à poulets, on leur met au moins des lunettes, des espèces de petites œillères, sans quoi ils deviennent agressifs, partent en coups de bec. Mais c'est des volailles comestibles... c'est gentil de penser à me distraire, mais comment ça va à l'école?

Les châsses à mon vieux font de la rétention d'eau. Encore l'école ! Qu'est-ce que je peux dire ? Ce vieux mec qui porte mon nom, il est là, il a l'habitude, les coudes aux genoux. Il est retombé, c'est des péripéties. Alpagué vite fait. En somme, il est chez lui, ici. Tu m'as donné ton nom. Tu m'as même dit d'en faire meilleur usage que toi. Regarde où t'en es... la peau et les os. Tu m'as donné ton nom, mais je me suis fait tout seul. Jamais là pour jouer à la balle... changer mes couches, quand j'avais fait caca. Je les rinçais moi-même. Peut-être que tu l'as fait exprès, attentif à m'endurcir. T'aurais été là, qui sait, je serais peut-être un enfant gâté.

— Il est pas plus haut que ça... c'est devenu mon copain, point c'est tout. Ce que tu m'as toujours souhaité. Tu te rappelles comme tu me disais Gus les amis poussent pas au cul des chevaux mais les vrais, c'est pour toujours. Rassure-toi, je me méfie de tout le monde. Mais lui, chais pas. Y m'a jamais menti.

L'école, ça va comment ? Comment ça va, l'école ? Papa, j'y vais plus depuis cinq ans. Mais tu as de bonnes notes ? Les yeux dans les yeux, pour voir s'il est sourd, et puis oui, papa, j'ai de bonnes notes. Tu t'occupes bien de la maison ? Oui, j'ai mis des jardinières à la fenêtre, comme tu aimes.

— Ici, y m'ont mis jardinier, en saison... je fais des

légumes... deux trois fleurs. J'ai toujours eu la main pour ça. Mais tu sais, fiston, je me cultive, je m'attaque au latin... Et puis j'écoute des chansons : J'entends siffler le train... La porte du pénis entier — c'est normal : on y coupe pas, à la taule, quand on vient d'où je viens. Sitôt né tu l'as dans l'os. La bouche, en latin, os-oris, l'os horrible, t'entends, fils... l'orifice. On m'a mis au trou. Je me suis fait mettre. De l'entaulage, voilà ce que c'est.

Derrière, les matons vont et viennent. Il est vieux, mon vieux. Il lui reste plus de temps à faire qu'à vivre... je crois qu'y commence à radoter. Je donnerais mon enfance si je pouvais. Et ça lui vient comme ça, à Gus le jeune, un nouveau sentiment qui monte en lui, il se lève.

Où vas-tu, fiston ? Voir le gardien, papa, le tirer par la manche. Ça va pas, chef, y a erreur, criante... judiciaire ! Vous encagez pas le bon oiseau. C'est moi, mon nom le prouve : Gus Brandt. Je me rends. Regardez dans vos papiers. Le mandat, je sais pas, l'écrou. C'est moi, Gus Brandt. Relâchez le vieux, prenez-moi. Le maton s'épanouit, s'épate, s'en paye une tranche. Il se dégonfle pas, Gus, il insiste. Ça gagne vite tout le parloir, tous les matons pliés en quatre. Un moutard qui se constitue... Moi planté là, tout le monde se marre. Pourquoi qu'on me prend jamais au sérieux ?

Pour une fois y a qu'à en profiter : Tire-toi, fonce, y rigolent trop pour cavaler. Barrez-vous, vous tous ! C'est le moment. Pas un qui bouge. Y se contentent de me dévisager. Qu'est-ce qui te prend, minot ? Tu mets le boxon dans la visite ? Et mon vieux s'est remis à jacter. Gus, rassieds-toi, et parle-moi de ton école...

Honk ! honk ! Tous les regards se braquent. Rofo le clown fait son entrée. Voilà, papa, c'est le copain que je te disais. Fiston, tes intentions t'honorent. C'est vrai qu'il est très rigolo. Mais entre nous, j'aimerais mieux que tu t'en ailles et que tu ramènes ton ami. T'as fait assez de scandale pour aujourd'hui. Le type, là, à ma gauche, le grand costaud au crâne rasé, y m'a pas à la bonne. C'est sa femme qui est venue le visiter. Elle perche très loin. Déjà qu'il la voit pas souvent, si on lui perturbe le tête-à-tête, tu peux être sûr qu'il va se venger. C'est une brute.

— Attends un peu. Moi aussi, je le trouvais bizarre, j'ai cru qu'il était pas humain. Mais y gagne à être connu. Je peux pas dire, c'est quelque chose, enfin, c'est rien. Papa, je te présente Rofo le clown. Mon père, M. Brandt.

L'éternel sourire ! Enchanté vraiment de faire votre connaissance... Mais l'escouade des matraqueurs acharnés à faire aux pattes le narquois passe-muraille, la calamité pas possible, déboule alors en trombe et installe à l'instant le capharnaüm dans ce home du cafard. Des mères, épouses, fiancées... des marmailles, se lèvent et hurlent... reculent au mur... et les bébés, qui tombent à terre... et les concubines en rumba ! D'autres s'accrochent au treillage et vocifèrent... pas en perdre une miette, de la précieuse visite. Côté taulards c'est la révolte, les matons qui riaient se mettent à cogner en réflexe. Tout le parloir est en déroute. Toi tu pirouettes à mieux mieux, content qu'on dirait du tumulte. Dément surfeur sur tsunami, catalyseur des catastrophes, clown à fracasser la planète !

T'es enfin saisi, pris au col. T'as pas l'air inquiet. Au bout du bras du maton qui t'emporte, tu te bidonnes, encore et toujours satisfait.

— Virez-moi aussi le malfaisant mouflet qui nous a amené cte vérole !

C'est le brigadier qui s'époumonne. Seulement, pour Gus, y a du lézard. Agrippé lui aussi par une pogne briscarde, il se tortille, gigote, balance des coups de pied, des coups de poing, et se démanche le cou pour voir. C'est que de l'autre côté des briques porte-guichets, Gus le vieux en prend pour sa pomme. A ce train-là, y sera vite blet. D'une main velue le teigneux mastard qu'il disait tout à l'heure le serre à la gorge. Et de l'autre le poigne vilain. Tiens, pauve cave, c'est pour ton monstre ! Y a déjà longtemps que tu me courais !

Y avait encore une heure à attendre l'autocar. Gus se frottait les fesses — vous avez de la chance d'être des mômes, sinon vous sortiez plus d'ici ! — pas seulement le coup de pied au cul mais l'atterrissage au trottoir. Je pense à mon vieux. Qu'est-ce qu'on peut faire ? Je revois le Riton Tovaric. Mon vieux, y peut même pas dire N-i-ni. Y cicatrisera au mitard. Et devant moi le faiseur de foin. Sa rose à la con sur la tête. Dessous c'est pas possible, y a rien. Pas grand-chose en tout cas. Son blair rouge qui me vient au nombril. Fous-moi la paix.

Honk ! honk ! Tu t'es planté devant lui. Voudrais-tu l'embrasser ? T'es trop petit. T'y entoures les cuisses, et en plus ta rose le chatouille. Pourtant il est pas grand lui-même. Au moment qu'y baisse sa grosse tête vers toi, tu lèves la tienne. Y a quoi dans vos yeux qui s'attardent ? Lui là, moi — qui ? Moi là, lui. Tu restes à l'enlacer longtemps. Dans ton dos l'hyène pénitentiaire lèche ses plaies. Elle se souviendra longtemps du passage de Rofo.

11

Rofo, faut que tu comprennes. On est potes, c'est vrai, je t'oublierai pas. On reste amis mais t'es dur à défendre. Toujours quand t'es là, ça barre en boudin. D'accord, moi-même je suis pas très liant, pas boute-en-train je le concède. Mais au moins je me confonds avec les meubles. A la taule, t'as entendu les commentaires ? « C'est à cause d'enfoirés comme ça qu'on est au trou. Eux n'y sont pas. » Et puis ils ont tapé mon père. Je crois que tu vois pas la différence entre ce qui est réel et l'imaginaire... à l'intérieur de ta cafetière. Si y a quelqu'un. Le truc de la prison, ça me boulotte. Alors voilà : disons qu'on est copains mais que, pour un laps, je m'absente.

Tu lui as fait au revoir avec un mouchoir depuis le perron où il t'avait posé. Et puis t'es rentré. C'est toi, Rofo ? Honk ! honk ! les doigts dans le nez.

Cher professeur Guiliguili,
un ami commun m'ayant entretenu de vos activités extra-hospitalières, je crois qu'il serait de notre intérêt à tous deux de nous rencontrer. Ayez l'amabilité de me téléphoner d'une cabine, en dehors des heures de bureau, au numéro suivant...

— Allô, Guiliguili à l'appareil. Si c'est une plaisanterie...

— Gus Brandt, ça vous dit quelque chose ?

— Pas le moins du monde ! Et je ne suis pas d'humeur à jouer aux devinettes.

— Voyons, cher professeur, calmez-vous. Et raisonnons : mon petit mot n'était assorti d'aucune menace. Pourquoi m'appeler si obligeamment alors que...

— Ah, ne jouons pas au plus fin. Je vous appelle, comme vous me l'avez demandé, d'une cabine publique. Je n'ai guère de temps à perdre. Parlez.

— Hélas, j'insiste. Gus Brandt. Un jeune infirme de naissance. Un peu hydrocéphale...

— Ah, j'y suis... vous évoquez là sans doute l'un de nos petits protégés. Je dirige en effet une association parfaitement bénévole d'aide aux handicapés. Dans l'ombre, la plupart de nos membres sont fort discrets et souhaitent, en effet, exercer leur action charitable dans l'anonymat le plus strict, nous veillons sur ces malheureux. Nos activités sont d'autant plus efficaces que nous pratiquons en sous-main.

— Nous y voilà! Dans l'ombre — c'est là que je désire vous rencontrer.

Le voisinage est cossu, discret. Les pelouses peignées, les haies frisées au fer. Ça sent bon, c'est bien rangé, on dirait presque un cimetière. Jusqu'aux rares chiens qui passent en laisse laissent le passant rêveur... ils ont l'air de tapis persans, doivent, aux demeures, s'harmoniser à la moquette. C'est des chiens de maître, élégants comme des chevaux, des clébards de grande remise. Au numéro 122 de l'avenue du Général-Pognon, toute bordée des hauts murs de propriétés princières, devant un grand portail en fer forgé noir, le commissaire Malibrant lève sa boîte à flair vers une plaque en céramique faux nouille où dans l'entrelacs des guirlandes est inscrit le mot : Cythère. Embarquez-moi tout ça, s'amuse le flic. Quand on perd son sens de l'humour on perd la joie de vivre. C'est là. Quand il enfonce la touche d'ivoire du parlophone et voit le gros œil rouge qui s'allume, il sait qu'il est filmé.

A grandes enjambées, entre des massifs de fleurs dont il ne connaît même pas le nom, faisant crisser sous ses semelles le gravier de palombin (dans le quartier le cas n'est pas rare), il franchit la distance interminable qui le sépare des larges degrés d'un perron flanqué de pots à feu et orné d'une colonnade très Trianon. Un laquais l'introduit sous les lambris. Canapés profonds, bouquets profus, porcelaines de collection... il attend. Guère... Bienvenue, profère le prof agr un peu aigre, je suis le professeur Guiliguili. Je vous écoute.

— Malibrant, commissaire divisionnaire, mais n'excipons pas de nos titres, argue l'argousin, tout cela est très officieux.

— Asseyez-vous, je vous en prie. Je vous sers quelque chose ?

Le chef aux poulagas voudrait parler mais sa parole s'éparpille... dans son gosier, s'étrangle en gargouillis. De la porte, glissant féline, une apparition. Guiliguili s'empresse, offre la main à la divine, l'avoisine au canapé.

— Notre hôtesse, Mlle Rose de Penta-Ligon. Elle occupe, au sein de notre association, une place éminente et un peu particulière. Si j'ai bien compris votre propos, vous êtes désormais des nôtres. Mes patientes m'appellent, je vous laisse. Vous pouvez tout lui dire — et je pèse mes mots.

Il s'éclipse.

Seul avec la brune éclatante, le commissaire en a le nœud de cravate en ludion. Cinquante ans qu'il déglutissait sans se rendre compte que c'est si difficile. Il s'était levé, bavant des ronds de jambe, mais se rassoit presque aussitôt. Dans le froufrou de soie du fourreau blanc qui la serre de très près, elle choit à son tour sur le cuir, tout contre l'officier de police qu'elle taquine du coude et du genou. C'est pas possible, il hallucine, l'autre toubib a dû le droguer. Mais non, puisqu'il a même pas bu. Elle est entrée avant. Mais qu'est-ce qu'elle fait? Ses lèvres en velours de Gênes (mais c'est lui qui en est frappé) s'ouvrent en sourire sur des petits crocs plus blancs que le gravier de marbre, tandis que de la main elle lui caresse les cheveux, l'ébouriffe.

— Alors, mon poulet, on s'excite? Tu veux savoir, c'est ton métier. Pour moi tout a commencé parce que j'aime les enfants. A mon arrivée en ville, sans emploi, j'ai passé des annonces. Je faisais des gardes. J'ai mis au point une méthode, les petits m'adoraient et j'y trouvais mon compte. Mais le hic, c'était les parents. Les mamans n'ont pas compris. De leur côté, c'était le blocage, le rejet tout net. J'avais pourtant des tarifs raisonnables — souvent, même, je refusais l'argent. Oui, j'étais jeune et naïve. Mais les papas! C'est bien simple : ils me regardaient tous comme toi en ce moment. Les yeux hors de la tête, me coursaient jusqu'à l'ascenseur, me glissaient leur carte, me chuchotaient des cochonneries, des propositions, des invites ou, carrément, la main aux fesses, au panier, j'en passe et les nichons. Je suis pas mal, de ma personne, il faut l'admettre. Vérifie si tu veux. Hélas! je suis très nature, je n'aime pas me forcer et mon truc, c'est les enfants. J'ai eu du mal à sauter le pas. Mais dans le monde où nous vivons, sans argent on n'arrive à rien. On vieillit trop vite. C'est Guiliguili qui m'a décidée. J'ai cessé de garder les mioches. En plaisir j'ai perdu au change. Mais concentrée sur les papas, j'ai pu me mettre dans mes meubles et m'offrir tout ce que tu vois là. Je me trompe, ou tu as les mains qui tremblent? Attends! Je reçois justement quelqu'un. Suis-moi. Je vais t'installer.

Quand elle se lève, sous le fourreau tout son corps bouge. C'est une liane, c'est un tigre, c'est une orchidée dans la jungle, qui fleurit tous les cent sept ans. Spectacle à pas manquer! Malibrant est tout en salive. Elle traverse le grand salon, il la suit en chien chien, en ombre. Les yeux sur son dos, sur ses fesses... ses jambes, ses chevilles... Tiens ! Elle y porte un curieux bracelet de métal bon marché. Pas du tout assorti au reste. Et c'est encore plus excitant. Elle ouvre une porte, s'efface, et l'introduit dans un cabinet d'estampes.

— Assieds-toi. Dans le fauteuil, devant la glace. Elle est sans tain. Tu vas tout voir. Et tout entendre : il y a des micros partout. Les écoutes, ça te connaît. Mais pour le reste, tu risques d'être dépaysé.

Déjà disparaît la déesse. Malibrant, moite aux paumes et le têtard tétanisé, se mire à la glace sans se reconnaître. A travers le miroir, il voit s'illuminer la lice et, réprimant un cri de surprise, coasse en crapaud. Son imaginaire flicassier attendait baldaquin, fanfreluches, couche d'hétaïre, galons, glands et oripeaux, pompons partout, coussins, fourrures... c'est une pièce nue, clinique. A droite, une table haute sur des tréteaux, recouverte d'une espèce de drap. A gauche, un parc d'enfant, avec un boulier. Sur le tapis de caoutchouc, un canard en celluloïd. La porte s'ouvre. Sur un grand bonhomme à tête de vautour. Que j'ai déjà vu quelque part. Mais où ? Pas un client à moi, ce particulier-là. Pour ceux-là, j'ai la mémoire anthropométrique, un vrai classeur. J'oublie jamais. Sur chaque trombine... gueule de raie, ou d'ange, j'ai tous les noms, sobriquets, alias. On me la fait pas, non mais! Lui c'est un mec à réception, un important, un officiel.

Pendant que le poulet fouillait dans son ordinateur, l'autre s'est changé, serrant sa dépouille de vieux corbeau dans un placard qui avait d'abord échappé à l'investigateur. Et pour le coup, non mais je me marre, le gonze enfile une barboteuse! rentre au parc, s'accroupit, tripote le canard. De nouveau la porte. Mince! C'est elle. Heureusement qu'y a un mur, je réponds plus de rien!

Rosa Penthaligon, souple comme une lame de Tolède, est sortie du fourreau. Plus nue que nue sous sa coiffette de nurse avec son bracelet de cheville et des escarpins blancs à talons hauts. Dès l'entrée, elle minaude :

— Il est vilain, Momer. Pas beau. Ça sent mauvais. Na encore fait pipi dans sa culotte. Tu mériterais que je te laisse comme ça, na! Allez, viens, gros bêta, on va arranger ça.

C'est à pas croire! L'affreux poupon enjambe la barrière... à quatre pattes gagne la table, y grimpe, s'y allonge bras et jambes en l'air, vagit, zézaye, gazouille, c'est à gerber! Preste, Rosa lui ôte sa culotte, l'éponge aux vieilles fesses plates et grises, le tamponne à lotion, le tapote.

— Là, il se sent mieux, mon bébé. On est plus frais

On met du sent-bon. Non n'aie pas peur, du pas qui pique. Mais... qu'est-ce que c'est, petit cochon ? Je vois qu'on est un grand garçon. On est tout raide ! On fait la nique ! Allons, couché, vilain Mickey. Oh, mais c'est grave ! Si nounou se fâche tout rouge, adieu lolo ! Du coup, le flapi nourrisson se lève dans un envol de couches et d'épingles à nourrice, saisit un sein, goulu l'enfourne, et tète en vampire, en sangsue...

Dans la vie tout doit finir. Et dans les regards on lit tout : Mortimer Benedictine en pelotant la chair exquise fait les yeux blancs, Malibrant les colle à la glace, et Rosa les a au plafond.

— Guiliguili ? Rose. Le commissaire est bon enfant.
— Bravo. Le cachet sera conséquent.
— Je sais, mais je voulais vous dire, ça ne peut plus durer. Je m'ennuie. Ou ça change, ou je vais partir.
— Comment comment ? Et nos accords ? Le compte en Suisse, les agréments...
— Parlons-en ! Je n'en ai guère. Je fais reluire qui veut, tous vos sapajous dégoûtants, mais moi je fane, je ne gagne que du fric. Faites quelque chose ou je pars. Vous savez que j'aime les enfants. Eh ben oui,

je suis pédophile. Si ça vous défrise, il fallait y penser plus tôt.

— J'ai une idée. Ne vous inquiétez plus. Je me charge de tout... et soignez bien nos sociétaires.

Trois ans que Gus Brandt est en congé de clown. Toi, à l'évier, à la croisée, avec ton sourire, avec ta fleur, avec ta larme indélébile, tu changes pas. Maman fait ses lessives... repasse et rapetasse son malheur. Ce matin, le jardin est plein d'oiseaux. Tu suis leur vol à la fenêtre. Quand y en a un qui chante, tu fais couiner ton nez. Cui cui honk honk, drôle de duo. A la grille, une immense bagnole vient se garer. La vitre s'ouvre, il en sort une grosse tête. Et de la tête, une voix qui t'appelle. Tu reconnais ? Je t'avais dit qu'on restait copains. J'ai voulu te montrer la caisse. Tout électrique. Et des soupapes à pas compter. T'as vu mon costume ? La casquette, j'ai pas voulu, un peu loufiat. Et les bottes, je pouvais pas, d'évidence. Elle est gentille, ta mère, de me laisser t'emmener en balade. T'es déjà monté en voiture ? En tout cas pas dans une comme ça. T'entends le moulin ? Il tourne au poil. Ça me change de la benne à ordures. Qu'est-ce qu'y fait beau. J'ai un salaire énorme, tout ce que je veux.

Et même, pour toi j'ai une surprise. Tu vas voir la maison où j'habite. Mais j'ai gardé l'appartement. Quand mon vieux sortira je veux pas qu'y soye paumé. Déjà, quand y vous relâchent, qu'on sait plus où qu'on est... C'est là. Tu vois les murs ? Un vrai parc. En pleine ville. Dans l'allée triomphale, Gus Brandt t'a pris la main. Où qu'il t'emmène ? T'éternues... sautes au perron, la porte s'ouvre, elle est là !

— Rofo ! Viens dans mes bras ! T'as pas changé du tout !

Toi tu pars en grande roue, soleils, sauts périlleux, roulades, d'un bout à l'autre de la pièce. Éternuements aux quatre coins... saut de l'ange ! Rosa n'a pas beaucoup changé non plus... l'a en e, et le trait d'union... tout le reste pareil au même, sauf l'h de guerre, enterré. Sous tes paupières orange, tes yeux furètent. Tu cherches le fouet ? Gus est tout heureux. Mais les choses intimes, il connaît. Rosa lui a appris. D'un puceau rachitique, hydrocéphale, moche et bancroche, trois gouttes d'eau, deux grains d'amour, un bouquet de caresses, la jolie sorcière a fait un chevalier magique.

— Bon, ben je vous laisse. Une petite course à faire, j'en ai pas pour longtemps. D'ailleurs c'est mieux pour vos retrouvailles.

Quand Gus revient avec un gros bouquet et, dans

un étui de cuir doublé de velours, une trompette, son cœur a des ailes. Et sur ses pieds bots, marche plus léger, élastique. C'est pour son pote et sa maîtresse. Il a tout... sauf qu'il a négligé le slogan à son vieux : pas s'attacher. Parce qu'à l'étage, cheveux en crinière, jupe troussée, bavant un peu, la lionne rugit sous la lanière. Les filles, c'est plus dur à contenter. T'as oublié l'école, Rofo ?

D'en bas, il les appelle. Ben où vous êtes ? Venez, je suis rentré, j'ai fait vite. Elle descend, un peu rouge, tout juste rajustée, et Rofo qui couine en cascade. La joie de Gus barre en rideau.

— Tiens, des fleurs ! Et ça, c'est pour toi, Rofo.

Rofo le clown ! de court, jamais pris ! Tournoie, éternue, de sa manche, hop ! un objet qui brille. Tout rond. Est-ce un miroir de poche ? Ah, c'est l'heure des cadeaux, j'en suis ! Pour toi, ma guéparde, ma lionne. Révérence, main tendue par-dessus la tête, plus haut que la fleur, présentant l'objet. Prenez, prenez, princesse. Digne de vous... de moi, de tous. Déjà chargée de fleurs, Rosa s'épanouit, s'émerveille, tend l'autre main. Comme vous êtes gentils tous les deux. Merci, Rofo ! Merci, Gus ! Elle prend la broche, l'épingle à son revers... c'est le bonheur, qui est convertible à tout moment. En saloperie, fonds de poubelle. Gus est percé. Le sang lui saute au bide, vide sa grosse tête, déserte ses mains qui se glacent. Les reins lui sonnent, son foie se fige, ses poumons tout plats peuvent plus rien pomper... son cœur va-t-il mourir ? Rosa, elle a les yeux noisette ; les yeux gris de Gus les regardent. Ce sont des tombes. Quand je serai mort, sur ma pierre, gravez : Je suis mort.

Déjà, il est dans la voiture. Conduire dans le brouillard, c'est dur, surtout quand le brouillard on l'a dans les yeux. Dehors, le soleil a pas cessé de briller pour autant. Et les oiseaux volent, et les cons déconnent. Et les vivants vivent. C'est comme ça tout le temps. Ça s'arrête jamais, le voilà au square. De quoi j'ai l'air, couché sous un éléphant dans mon costard de larbin ? La trappe saute. Ses mains plongent. Le sac est là. Il a pas tout piqué, c'est pire. Y m'a pris ma femme, et mon talisman. Il est pas prudent, il a laissé le flingue. Je vais leur faire des trous à tous ces salauds. Mais mince ! Qu'est-ce que je vois ? C'est encore mon vieux qu'a toujours raison : Méfie-toi des femmes, elles tiennent pas la route. Les amis se trouvent pas aux queues des canassons, mais quand t'en as un, vrai de vrai, c'est pour toujours. Pendant que Gus en revenait pas d'avoir trouvé sa broche et tous ses carats, Rosa Penthaligon, en soupirs, t'a reconduit à la maison, Rofo.

12

Rofo, tu sais, j'ai des excuses. J'avais pas compris que t'es magicien. Viens ! On va faire un tour. Faut qu'on cause — maintenant, c'est sûr, on sera toujours copains... la gonzesse, c'est rien... c'est vrai qu'on s'attache, et qu'y faudrait pas. Parce que quand elles s'en vont, ça pique. Mais je regrette pas, je suis devenu un homme, et avec ma gueule c'était pas couru. Elles vous jouent des tours, c'est dans la nature. Mon vieux le disait bien. A propos, y vient de retomber. Cette fois-ci encore y se croyait malin. Gus, y me disait, j'ai tous les atouts dans ma manche — j'ai fait pote avec un bourrin, un flic de la haute, une épée. On va nager dans l'opulence — si tu veux on va prendre par là, j'aime bien ce coin. Et au bout de la rue, y a l'école, où on a croisé nos destins — mon vieux, je reprends le fil, s'attendait à vivre en rupin, plein de thune, à craquer ses fouilles. D'abord on va déménager. Je veux pas que tu crèches chez ta patronne. Mais fallait que j'aye une piaule à moi — lui la sienne, avec chacun sa salle de bains, un salon, chais pas... puis des trucs. Papa, je lui ai fait, j'aurai toujours ma tronche, mes guibolles tordues, mes arpions soudés... il a pas tenu dehors trois semaines, la veille que je t'ai vu, il a replongé. Depuis, j'ai gambergé encore : si tu veux t'as qu'à venir chez moi. Pour peu que tu te désabonnes des catastrophes on s'entendra bien — qu'est-ce que t'en dis ?

Rien, bien sûr, le vocal, c'est pas dans tes cordes. Mais t'es pas contrariant : tu souris.

Rosa et moi, Rofo, c'est classe. J'ai tiré un trait, N-i ni. Pourtant je l'aimais... toi, t'es qu'un gosse, tu savais pas ce que tu faisais... d'en parler ça soulage... mais j'ai mal aux tripes — Rosa, je l'avais en moi tout partout. Quand elle me regardait, je me voyais comme elle... elle me trouvait beau, tu te rends compte ? Faut qu'elle ait du vice — ça, elle l'a prouvé ! Dans le fond, grâce à toi, je sais ce qu'elle valait — mais elle était belle, je sais pas comment dire, je suis comme une baraque avec tous les carreaux cassés. Pour fermer les fenêtres on a mis des planches, je vois plus le soleil que par les fentes. J'ai le cœur en purée... le cœur... faut pas s'étonner qu'y soye si nostalgique ct'oiseau-là. Sitôt la naissance, y prend perpète... y sort qu'en rêve, c'est pour ça que l'amour ça n'existe pas, c'est des trucs de nuit qu'un matin dissipe. Alors y construit des cerfs-volants, il les voit aux nuages, au bout de la ficelle... voudrait les suivre. Et rien que d'y songer, y s'essouffle... c'est l'infractus — à dégager. C'est bizárre, le cœur, il a pas de veine : l'aorte lui cherche des crosses, la cave se rebiffe, les coronaires sont insuffisantes — toujours en cage, toujours à vouloir voler — à se cogner à la paroi, drôle d'oiseau rouge en bifteck qui fait oum-pah, oum-pah! On voudrait le raisonner, mais tiens! cause à mon ventricule, mon oreillette est malade.

Et toi aussi, tu me l'as mis à mal. A la broche que tu me l'as percé, cas de le dire! Comment j'aurais su que tu la sortais de nulle part? Et parfaitement bien imitée. Quand je l'ai tirée du bide à babar j'en croyais pas mes châsses... deux ronds de flanc. C'est pour ça que je suis revenu — vise!

Gus Brandt met la main dans sa poche, les yeux plus brillants que la broche qu'il en sort, te montre à plat sur sa paume, la voilà, regarde! Il est si content, qu'il voit pas la crotte. Au moment qu'il dit tu vois c'est la même et que tu fais couiner ton nez honk! honk! il glisse. L'objet s'échappe, roule au caniveau.

— Dis donc, c'est marrant. C'est comme ça que je l'avais trouvée, c'est un signe.

Au bord du trottoir, il se penche pour repêcher son cher trésor. Que vois-tu, toi, Rofo, Rofo le clown ? Un cul offert sous le soleil en projecteur. T'approches tapinois, le pied prêt. Un dernier gag, en souvenir du bon vieux temps ! Au feu rouge, la meute des bagnoles est immobilisée, vibrante et, l'œil collé à la pastille, les cons impatients font vrombir. Ton pied part au vert, Gus à la chaussée. Trois coup sur coup lui passent au ventre, aux jambes, au cou, il meurt dans un sourire tenant sa broche.

Rofo se glissa silencieusement par la porte d'entrée qui freina d'elle-même, un coup de veine, au lieu de claquer ; et parcourut en trois enjambées le carrelage du vestibule. Il finit par atterrir sur le tapis du salon où ses godasses gigantesques ne faisaient pas tant de bruit. Va dans le petit bureau te planter comme un con au beau milieu pour attendre la voix de ta mère à l'étage. Et puis non, rien. Pour une fois, elle ne t'a pas entendu entrer. Quand elle t'entend, il faut toujours qu'elle gueule, d'en haut ou d'en bas, selon qu'elle ait de la besogne à l'étage ou dans la cave. Rofo, c'est toi ? Oublieuse encore, au bout de quatorze ans, du fait que tu ne parles pas. Et, au bout de quatorze ans, peut-être après tout devrais-tu être capable de gueuler à ton tour, oui maman, avec l'ennui blasé qui caractérise tous les autres fils.

D'ordinaire, quand elle gueule, tu fais couiner ton nez. Mais des fois, aussi, tu laisses tomber. C'est justement une fois où tu aurais laissé tomber si elle avait appelé, seulement elle s'est tue.

Rofo fit couiner son nez.

— C'est toi, Rofo ?

Elle était à la cave, selon sa besogne.

Il ne répondit rien.

Rofo, c'est toi ? C'est quoi, Rofo ? T'es qui, Rofo ?

Rofo !

Rofo ?

Rofo.

Rofo.

Rofo.

Rofo.

BRODARD ET TAUPIN À LA FLÈCHE
DÉPÔT LÉGAL : JUIN 2006. N° 89229 (36161)
IMPRIMÉ EN FRANCE